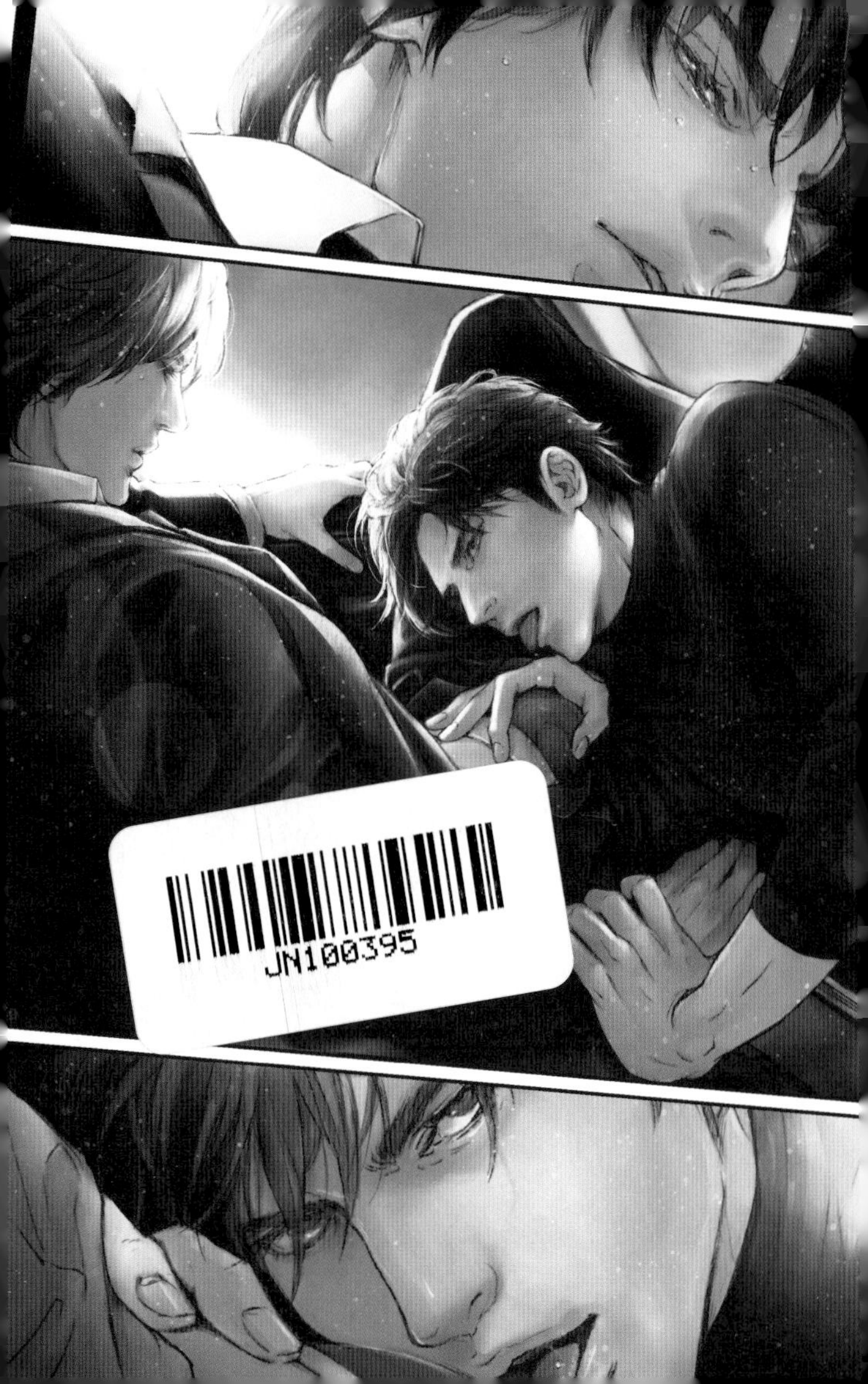

JN100395

dear+ novel

Kemono wa kakushite majiwaru・・・・・・・・・・・

獣はかくして交わる

沙野風結子

新書館ディアプラス文庫

獣はかくして交わる

contents

獣はかくして交わる ······················· 005

獣はかくして喰らう ··················· 155

あとがき ······························· 247

ゼロの匂い ····························· 249

illustration：小山田あみ

獣はかくして交わる

Kemono wa kakushite majiwaru

この男は、いったい何者なのだろう?

鹿倉陣也《かぐらじんや》は朦朧《もうろう》としながら考える。

指の先までいまだに強烈な電流による痺《しび》れに支配され、目の奥の神経も麻痺《まひ》しているらしく、焦点《しょうてん》を合わせることすらままならない。

そんな人型の砂袋のような自分を、男は荷物のごとく肩に担《かつ》ぎ上《あ》げて走っていた。消防士が火災現場から負傷者を救出するときにもちいる、首にマフラーをかけるような体位で人を運搬《うんぱん》する方式だ。

百七十八センチ、六十七キロの男を苦もなく運ぶことができるのは、特殊な訓練を受けた人間か、あるいはそうとうの修羅場《しゅらば》をくぐり抜けてきた人間ぐらいだろう。

そして、おそらくこの男は後者だ。

痩《や》せた月の光だけを頼りに、迷路のような路地裏を迷いもなく疾走《しっそう》している。まるで夜目の効く野生の獣《けもの》そのままに。

うしろから追ってきていたいくつもの靴音は、次第に遠ざかり、いまはもう聞こえない。

男の強い呼吸音と、ふたりぶんの体重を載せた速い足音だけが耳にはいってくる。

自分は救い出されたのか。

それとも、新たな敵に捕獲されたのか。

鹿倉はいまにも焼き切れそうな意識のなか、答えを出せずにいる。

1

襲撃される予兆《よちょう》はあり、計算のうちだった。

どこから流出したものか、スマートフォンに頻繁《ひんぱん》に恫喝《どうかつ》のメッセージが送られてきていたのだ。発信元をわからなくする匿名化《とくめいか》ソフトが使われていたが、警視庁組織犯罪対策第二課の刑事にわざわざちょっかいを出してくる輩《やから》は知れている。

暴力団《ヤクザ》ではない。

いま現在、組対《そたい》の刑事相手にこんな幼稚な方法でイキってくるのは、半グレぐらいのものだ。半グレの構成員は流動的で繋《つな》がり方《かた》も見えにくく、警察でも情報を集めあぐねているのが実情だ。それをいいことに、半グレの犯罪は激化している。

そこで鹿倉《かぐら》はあえて自分を餌《えさ》にすることを考えついたのだった。

決して、焦《じ》れて短気を起こしたわけでもなければ、ヤケクソでもない。

三十歳という年齢は刑事としては若手だが、鹿倉にはほかの刑事にはない強固な目的がある。

その目的のために必要だと判断してのことだった。

だから鹿倉はこのところ頻繁に、海外マフィアと手を組んでいる半グレグループ・東界連合《とうかい》が出没《しゅつぼつ》するエリアに単身で足を運んでいた。

以前から鹿倉にロックオンされていることを鬱陶《うっとう》しく思っていた東界連合は、庭をうろつかれてさぞや苛立《いらだ》ちを募らせていたに違いなかった。

そして今夜ようやく、襲撃してくれる気になったらしい。

飲食店が並ぶ通りの裏道を歩いていたところ、突如《とつじょ》、背後から複数の靴音が湧き上がった。

おそらく店の裏口から飛び出してきたのだろう。靴音からして五人——六人か。

十一月の冷えきった空気が、一気に騒々しい熱を孕《はら》む。

鹿倉は腕時計をちらと見る。

二十一時三十一分だ。

ゆっくりと振り返ると、ニット帽を被《かぶ》った若い男のにたりと笑う顔が目に飛びこんできた。

男は黒いバトン型のものを見せつけるように鹿倉の目の前に翳《かざ》すと、そのスイッチを入れた。

暗がりに小さな雷のような火花がバチバチと音をたてて放たれる。

スタンガンだ。火花の大きさからして、改造してある強力なものだろう。

——すぐに殺されることはない。

彼らとしては、煙たい組対刑事を思う存分痛めつけたいはずだ。そして彼らに有用な情報を吐かせ、あわよくば鹿倉を継続的な情報源にしたいと考えていることだろう。

二十三時までに鹿倉から連絡がなければ発信機の情報を頼りに動くようにと、今年配属されてきたばかりの新人刑事に伝えてある。

——二時間ぐらい、相手をしてやればいいわけだ。

首筋にバトン状のスタンガンをぐっと押しつけられる。

とたん、雷が空気を切り裂くときのような音が耳元で轟《とどろ》いた。跳ね飛ばされたかのように身体が躍《おど》り、地へと頽《くずお》れる。

「澄ました刑事さんがいいざまだ」

ゲラゲラ笑いながら、男がもう一度、鹿倉の首筋にスタンガンを押しつけた。

全身が硬直して反り返る。

「あとでいくらでも遊べんだから、とっとと車に運ぶぞ！」

男たちが鹿倉の手足を掴んだときだった。

なにか缶のようなものが視界の端から飛んできて、鹿倉はとっさに目を閉じて息を止めた。

「なんだ、おい——煙……」

「うお…っ、目がぁぁ」

男たちがもんどり打って倒れたらしい音と気配を感じ取りながら、鹿倉は目を閉じたまま起き上がろうとしたが、スタンガンの後遺症《こういしょう》で自分の手がどこにあるのかもわからないほど身体中が痺れていて動けない。

――いったい、誰がなんのために邪魔をした？

投げられたのは、おそらくスプレー缶型の催涙《さいるい》ガスだろう。

そんなものを持ち歩いている人間が一般人であるわけがない。

……ふいに俯《うつぶ》せの身体を抱き起こされたかと思うと、素早く担ぎ上げられた。ファイアーマンズキャリーと称される、重傷者や意識のない人間を運ぶときの担ぎ方だ。やはりこれも一般人が習得しているものではない。

しかもその男は、鹿倉のそれなりに身長も筋肉もある嵩張《かさば》る身体を苦ともせずに走りだした。

男の動きは画一的な訓練を受けた者のそれとは違っている。

身内《サツ》ではない。

――何者だ？

催涙ガスのエリアから充分に離れたころを見計らって、鹿倉は目を開けた。

しかし身体中の神経網を伝った電流はまだ視神経をも麻痺させているらしく、焦点がまともに合わない。しかも明かりのない路地裏を走っているようで、視界が暗い。

光源を求めて視線を彷徨《さまよ》わせると、夜空に滲《にじ》む三日月が見えた。

追手たちの靴音が遠ざかっていく。

男の抑えられた足音と強い呼吸音ばかりが耳を打つ。

敵か味方かもわからない男に運ばれながら、ともすれば遠ざかりそうになる意識を鹿倉はなんとか繋ぎつづける。

鼻の神経が回復してきたらしく、ほのかに苦いような香りが鼻腔《びこう》を満たしていることに気づく。そして改めて男の顔を見た。今度は目の焦点《しょうてん》が辛《かろ》うじて合う。

額と鼻にしっかりとした高さのある、日本人にしては彫りの深い横顔だ。唇や顎《あご》のラインには野蛮《やばん》さと紙一重の力強さがある。

奥二重の目許は険《けわ》しく、白目の部分はほのかに蒼みがかった光を帯びている。

まったく見覚えのない男だった。

警察の人間でないのは確かで、堅気《かたぎ》の一般人でないのも明らかだ。

――それなら、いったいこの男は……。

改めて考えようとしたとたん、男が急に立ち止まって、ぐっと上体を前に倒した。

「っつ」

鹿倉の身体は地面に投げ出されて転がる。

痛みを感じるのは、麻痺が解けてきた証拠だ。

呻《うめ》きながら上半身を起こして視線を巡《めぐ》らせる。ここは河川敷で、頭上には橋があった。すぐ横にある橋脚《きょうきゃく》へと背を預けると、鹿倉は目の前に立つ男を見上げた。

こうして見ると、思った以上に大きな体躯《たいく》をしている。

――百八十六の七十八ぐらいか。年は三十代前半。

黒い革ジャンに黒いカーゴパンツに黒いアンクルブーツ。闇《やみ》に溶けこむ服装だ。

……いや、服装だけではない。

男の髪も眸《ひとみ》も、存在そのものが、いまにも夜闇に溶け出しそうだ。それでいて病んだ人間の饐《す》えた空気感はない。

夜に狩りをする獣が闇に溶けこんでいるかのような、ごく自然な凶暴性が、男からは漂《ただよ》っていた。

「お前は、何者だ?」

そう尋ねたのは、もしかすると半分は純粋な好奇心からだったのかもしれない。

仕事柄《がら》、裏の人間も数多く見てきたが、男はそのどれにも分類しがたかった。

「んん?」

男が小首を傾《かし》げて、左の口角を歪めた。

「礼のひとつもなしか?」

頭上の橋を大型トラックが走り抜けていく騒音のなか、男の低い声は不思議と鮮明に鹿倉の耳に届く。

鹿倉もまた薄い唇を軽く歪めながら返した。

「こっちは邪魔をされただけだからな。礼を言う必要性がない」

すると男が目をしばたたき、片膝を地に落とした。その位置が鹿倉の脚のあいだだったせいで、一気にふたりの間合いが詰まる。

「邪魔だと？」

——近すぎる。

剣道で鍔迫《つばぜ》り合《あ》いをしているときのように身体に力が籠もり、煽《あお》られる。

だからこそ、あえてゆったりした調子で鹿倉は返した。

「まったく、よけいなことをしてくれた」

「——」

男が鼻の頭に不機嫌な皺《しわ》を寄せる。

「なら、俺がいまからでも拉致《らち》してやるか？」

「お前は東界連合の人間なのか？」

「違う」

「それなら遠慮《えんりょ》しておこう」

そう返しながら、鹿倉は拳《こぶし》で男の胸倉をぐいと押した。しかしふたりの距離は開かない。

それどころか、むしろ逆に距離が狭《せば》まった。

男は鹿倉の両脇に手をつき、覆《おお》い被さらんばかりに身体を前傾《ぜんけい》させていた。

「なんだ？」

苛立《いらだ》ちを滲ませた鹿倉はしかし、男の言葉に一重の目を眇《すが》めた。

「鹿倉陣也《じんや》。警視庁組対二課刑事」

「……俺のことを知ってるわけか」

「H大法学部卒、最短の二十五歳で刑事に昇進、三年前から組対二課に配属。四年前の全国警察剣道選手権大会で準優勝。組対に異動になってから大会に出てないのは、忙しいせいか？」

――本当に、こいつは何者なんだ？

近すぎる距離にある男の黒々とした目を、鹿倉は瞬《まばた》きもせずに見据《みす》える。

「どういう筋の者だ？」

「俺は」

ふいに男の顔から険が消えた。目尻に笑い皺が刻まれる。

「フリーライターだ。ここ数年は東界連合絡みの記事を書いてる。ネタの宝庫だからな」

思いっきり肩透かしを喰らわされて、鹿倉は鼻白《はなじろ》む。

そして改めて男のことを観察した。

アウトロー系のフリーライターと言われれば、そういうたぐいの匂いがしなくもない。

「けっこうグイグイいくから修羅場慣れしてんだ」

男が舌打ちして続ける。

「目ぇつけてた組対刑事に恩を売って情報引っ張ってやるつもりだったんだがな。あー、助け損もいいとこだ。重いもん担いで走ったってのに」

見るからにふてぶてしげな男が軽口を叩くさまが意外で、知らず、鹿倉は見入ってしまっていた。

なにか特有の人を強く惹《ひ》きつけるものがある。

それはいかにも放埒《ほうらつ》な雄《おす》らしい魅力で、異性にとっては性的魅力に直結するものに違いなかった。

男がふいに目を細めた。

視線が深々と絡み——首筋の肌が粟立《あわだ》つような感覚を鹿倉は覚える。

その粟立ちが拡《ひろ》がりきる前に、拳できつく男の胸を押した。すると今度は簡単に男の身体は離れていって、立ち上がった。

「まあ、いい。今日のところは貸し借りなしってことにしてやる」

背を向けて立ち去ろうとする男に、鹿倉は思わず声をかけた。

「名前ぐらい教えていけ」

「偉《えら》そうだなぁ」と文句を言いながら立ち止まり、男が河川敷の空を見上げた。

夜の曇天《どんてん》に引っ掻《か》いたような三日月が薄っすらと浮かんでいる。

「ゼロ」

「ゼロ?」

「ゼロイチニイサンのゼロだ」

いかにも適当らしい口ぶりで言うと、男は土手を蹴るように上っていった。

——ゼロ、か。

妙な間があったことから考えて、ライターとしての筆名ですらないデマカセなのだろう。ただあの男を示す記号としての「ゼロ」を、鹿倉は胸に留め置いた。

暴力団排除条例——通称「暴排条例」が各都道府県で施行されるようになってから、暴力団は手足をもがれるかたちとなった。

なまじ組織として確立されているだけに構成員を警察に把握《はあく》されており、その動向を逐一《ちくいち》監視され、なにかあればすぐにしょっ引かれるようになったためだ。

暴力団は存続方法を模索《もさく》し、よけいな動きをしなくなっている。

半グレもまた一応は組織であるものの、いまのところ指定暴力団ではないため、暴力団対策法も暴排条例も使えず、一般人の個々の犯罪として裁かざるを得ない。

要するに、半グレの一集団に警察が致命的な打撃を与えた、というわかりやすい構図で見せしめにすることが困難なわけだ。

まるで霧《きり》を殴っているかのような手応《てごた》えのなさだ。

その霧を実体化させて縄《なわ》をかけるために、鹿倉は餌《えさ》になることを選んだ。

自分の血しぶきで霧に色をつけてやれるうえに、組対刑事が襲撃されたとなれば、警視庁も煮えきらない態度をかなぐり捨てて本腰を入れて動かざるを得なくなるだろう。

——今回は邪魔がはいったが、次はかならずマーキングしてやる。

そう決意を新たにして、鹿倉は昨夜の曇天がいまだ続いている空を睨《にら》みながら登庁《とうちょう》した。

霞《かすみ》が関《せき》にそびえ立つ警視庁本庁の窓際に立ってブラックコーヒーを胃に流しこんでいると、今年四月に配属されたばかりの早苗優《さなえすぐる》が駆け寄ってきた。

早苗の顔つきや体格は、カワウソを連想させる。カワウソが眼鏡《めがね》をかけてスーツを着ている感じだ。

どこにも険がなく、ヤクザと見紛《みまが》う強面《こわもて》が揃《そろ》っていたかつての組織犯罪対策部には決していなかったタイプだ。

しかしいまや組対部で扱《あつか》う事件は外国人絡みが激増し、そのため語学堪能《たんのう》ならば早苗のようなタイプでも配属されるようになっている。

とはいえ二十八歳の刑事一年目にして組対部配属というのはけっこうな重圧のようで、半年あまりたったいまでも部内の空気には馴染めていない。

「捜査五課から、エンウのことで問い合わせがありました」

渡された書類に、鹿倉は視線を落とす。
五、六年ほど前から「エンウ」という犯罪組織があるらしいという噂《うわさ》は、警視庁組織犯罪対策部および他県の捜査四課で共有されているのだが、いまだその尻尾の毛の一本すら摑めていない。
人身売買や銃器関連で名前が上がることはあるものの、構成員ひとり捕まっていないのだ。

北海道から沖縄まで広範囲でその影がちらつくことから、実在するならばかなり大きな組織なのだろうが。

五課からの書類に目を通していると、急に早苗が大声を出した。

「それ、どうしたんですかっ⁉」

「いちいちわめくな」

横目で睨むと、早苗がひるみつつも眉《まゆ》をハの字にして自身の首筋を指差した。

「すみません。でも、ここ、赤黒くなってますよ」

昨夜、改造スタンガンを二度当てられた場所だ。

「ぶつけただけだ」

そう流そうとしたものの、早苗が蒼い顔で身を寄せてきた。小声で訊《き》かれる。

「もしかして、東界連合に襲われたんですか？」

鹿倉が自分を餌にして東界連合の庭を歩きまわっていることを知っているのは、早苗だけだ。

嘘をつくのも面倒で黙って流そうとすると、早苗が珍しく本気で怒った顔になる。

「昨日の夜の連絡で、なんで教えてくれなかったんですか？」

終業後に東界連合が出入りするエリアに行くときは、早苗にあらかじめそれを伝えておき、二十三時までに連絡できなかったらGPS発信機を頼りに捜索してくれるように言ってあるのだ。

昨夜は、ゼロと名乗る男に河川敷まで運ばれてから、タクシーを拾って神谷町《かみやちょう》にある自宅マンションまで戻った。そして二十三時少し前に、「なにもなし」というメッセージを早苗のスマホに送信したのだった。

「鹿倉さんは全然わかってないみたいですけど、これでもいつもすごく心配してるんですよ。早く二十三時にならないかって、何度も時計確かめて」

早苗に組対二課の仕事を教えているのは、鹿倉だ。そのせいで早苗はすっかり鹿倉になついている。

元来、人とつるむのを好まない性質の鹿倉としては鬱陶しく感じることも多々あるが、人間でなく小動物だと考えると、なんとなく許容できる。

――それにまあ、役に立ってくれてるのは確かだしな。

役に立っている小動物に、たまには褒美《ほうび》をやることにする。

「晩飯を奢《おご》ってやる。それでいいだろう」

「そういうことじゃないんですけど」

「じゃあ奢らなくていいな」と返すと、早苗が慌てて「今晩がいいです！」と言ってきた。


「鹿倉さんはー、怖いんれすよー」

赤い顔でさっきからくだを巻いている早苗を、鹿倉は呆《あき》れながら眺める。

なんでも奢ってやると言ったところ、早苗のマンションにて、コンビニで調達した惣菜《そうざい》とアルコールで晩飯ということになったのだった。

『鹿倉さんから連絡なかったときに気づかなかったら困るから、酒断ちしてたんですよ』などと言っていたが、確かにこれではいざというときに役に立たないに違いない。

三五〇ｃｃの缶チューハイ二本で、すっかり出来上がってしまっていた。

これまで職場の飲みでも早苗はアルコールを固辞して、いまどきの若いもんはと組対二課の面々から苦い顔をされていたが、早苗なりの正しい判断だったわけだ。

「特に目、目が怖いんれす」

ローテーブルを挟《はさ》んで向かいに座っていた早苗が横に這《は》いずってきて、鹿倉の目をじーっと覗きこみ、大袈裟《おおげさ》に身震いした。

「蛇…蛇の目ら！」

「うるさい、カワウソ」

ぼそりと返すと、早苗がつぶらな目を吊《つ》り上《あ》げた。

「それ、パワハラ！　横暴上司のあだ名パワハラ！」

次の缶チューハイのプルトップを勢いよく開けて、早苗が呷《あお》る。

酒癖《さけぐせ》は悪いが、どうやらアルコールに特別弱いわけではないらしい。それはそれで厄介《やっかい》だ。

——寝落ちしたら、速攻で帰れるんだがな。

この真上が鹿倉の部屋だ。

三ヶ月ほど前にこの部屋が空《あ》いて、すぐに早苗が入居してきたのだ。早苗にはいくらかストーカー気質があるのかもしれない。

「僕はー、鹿倉さんをソンケーしれます」

「それはどうも」

「ちょっろ、ほかの組対の人たちとは違うっれいうか——必死な感じが、します」

「……」

「僕が鹿倉さんに協力しれるのは、そういうことなんれす！」

呂律《ろれつ》が回っていないし頭も回っていないようだが、それが早苗の本音なのだろう。

要するに、上司だからといって無暗《むやみ》に協力しているわけではないと言いたいのだ。

「助かってる」

事実を返すと、早苗がパァッと笑顔になる。

そして急に眼鏡を外して、鹿倉に突き出してきた。

「これ、かけてみてくらさい」

「なんでだ」

「いいからっ」

面倒くさくなってハーフリムの眼鏡をかけると、早苗が鹿倉を指差してケタケタと笑いだした。

「やっぱりヤクザだっ。インテリヤクザだぁ」

鹿倉は早苗をひと睨みすると、その首根っこを摑んだ。そしてそのまましばしシェイクしてやる。

「う、わ、ぁ、ぅ、ぁ」

脳にアルコールが充分回ったらしく、早苗がぐったりする。項《うなじ》から手を離すと、ぱったりとテーブルに突っ伏して、そのまま小さな鼾《いびき》をかきはじめた。

鹿倉は苦笑いして眼鏡を外すと、階段で一階ぶんを上り、六階にある自分の部屋へと帰ったのだった。

2

半グレ集団の構成員は、千切れてはくっつくアメーバーのようなものだ。

素人《しろうと》がオレオレ詐欺《さぎ》をはじめとする特殊詐欺の受け子をバイト感覚で引き受けることもザラで、受け子を捕まえても親元の半グレ集団を特定できない。

しかも、そういった特殊詐欺の拠点《きょてん》が海外にあるケースも増え、外国人犯罪組織が絡んでいることもままある。組対《そたい》二課の管轄《かんかつ》にもろに食いこんできているわけだ。

「海外マフィアと東界《とうかい》連合が手を組んでいると見られる特殊詐欺と人身売買の案件が立てつづけに上がってきてる。そこにエンウも絡んでるらしいという情報もある」

二課長の滝崎《たきざき》の苦々しい声が会議室に響く。

五十七歳の滝崎は、旧来の典型的な組対刑事だ。

普通のスーツを着ていてすら、極道者に見えるほどの凄味《すごみ》がある。暴力団と積極的に接触して情報を集め、これまで何人ものS《スパイ》を運用して、犯罪組織の頭を抑《おさ》えこんできた。

その腕を買われて組対二課長となったわけだが、いまや組対も公安刑事型の情報戦が主流となっているため、苦戦を余儀《よぎ》なくされている。

それでも長年、現場で培《つちか》ってきた犯罪に対する嗅覚《きゅうかく》はやはりずば抜けたものがあり、また部下たちの発言に耳を貸すだけの度量もある。

「五課と協力体制になることも増えるから、そのつもりでいてくれ。なんにしても圧倒的に情報が足りていないがな」

敵のかたちが判然としなければ、こちらは後手に回るしかない。

苛立ちが会議室に帯電するなか、ドアが強くノックされて、三十代後半の男が軽く頭を下げてはいってきた。

「捜査一課の谷代《やしろ》です。緊急の案件でお邪魔しました」

「おお、どうした?」

谷代は二課長に慇懃《いんぎん》に頭を下げると、会議室を見回した。

「本日未明、東京湾にて男性の遺体が発見されました。死因は刺殺。死亡後に海に投げこまれたものと見られます。身元はまだ判明していませんが、うちの刑事が外国人マフィアの記事を書いているフリーライターで似た男を見たことがあると言うので、こちらでもぜひ確認をお願いしたい次第です」

会議室がざわつくなか、鹿倉《かぐら》はひとりの男のことを思い浮かべていた。

おととい、邂逅《かいこう》した男——ゼロだ。

ゼロは、東界連合のネタを追っていると言っていた。そして東界連合は外国人マフィアとよく手を組んでいる。

しかもよけいなことであったとはいえ、拉致《らち》されそうになっていた自分を救出するために東界連合の邪魔をしたのだ。現場では目を閉じていたから状況が摑めなかったが、東界連合のメンバーにゼロが顔を見られた可能性はある。

だからといって、もし東京湾の遺体がゼロだったところで、自分のせいだと考えて気に病むつもりはない。

犯罪組織の周りをうろつくというのは、そういうリスクを負うことなのだ。

鹿倉はつねに自分自身にも、そう言い聞かせている。

二課中堅《ちゅうけん》の相澤《あいざわ》が手を上げた。

「ライター周りは自分が詳《くわ》しいので確認に行きます」

一拍置いて、鹿倉も軽く手を上げる。

「自分にも確認させてください」

気に病まないにしても、確かめる義務はある。

それからすぐに相澤とともに中野《なかの》にある警察病院へと車で向かった。

遺体はすでに検死がすみ、地下の霊安室に移されていた。顔と身体に白い布をかけられた遺体を目にした瞬間、鹿倉の鼻腔の奥に、ほろ苦いような匂《にお》いが甦《よみがえ》った。なんの匂いだったかと考えて、ゼロの匂いだと思い当たる。

ほんの数十分をともにしただけの胡散臭《うさんくさ》い男が生きていようが死んでいようがさして気にしていないつもりだったが、ゼロという男は思いのほか強い存在感を自分のなかに残していたらしい。

遺体の背格好がゼロのものと似ているという事実に、鹿倉は喉元を絞《し》めつけられるような息苦しさを覚えていた。

遺体に合掌《がっしょう》してから、相澤が顔にかかっている布に手をかけた。

喉元の絞めつけがさらに増す。

呼吸を止めたまま、鹿倉は布から現れていく顔を凝視《ぎょうし》する。

……ふっと息をつき、肩に籠もっていた力が消える。

相澤が呟いた。

「町田《まちだ》だ――町田省吾《しょうご》」

その眉根に皺が寄せられているのを見て、相澤がこの男と何度も接触したことがあるのだとわかった。

実態を摑みにくい外国人犯罪や半グレ界隈《かいわい》のことは、警察よりこの手のライターのほうがよほど情報をもっている。

警視庁へと戻る車内、ハンドルを握る鹿倉の横で、相澤はずっと押し黙っていた。

その沈黙のなかで、鹿倉は気が付くとゼロのことを考えていた。

あれだけ機動力のある男なのだ。もし名乗ったとおりフリーライターなのだとしたら、東界連合の情報をかなり深いところまで握っているはずだ。

——それなら、飼ってみるのもいい。

あの闇に溶ける獣のような男を手なずけることを想像すると、ゾクリとした。

「まあ、こういうこともあるわな」

本庁に着くと相澤は降車した鹿倉の肩をそう言いながら軽く叩いた。それは自分自身に言い聞かせているように聞こえた。

エレベーターホールで箱を待ちながら、鹿倉は相澤に一応尋ねてみた。

「フリーライターで『ゼロ』と名乗ってる奴《ヤツ》を知りませんか？」

「ゼロ？」

「ゼロイチニイサンのゼロ、です」

相澤が首をひねる。

「聞いたことねぇな」

名乗ったときにいかにも嘘をついているらしい間があったから、本当にライターだったとしても、やはりほかの名前で活動しているのだろう。

「そのライターと、繋がりたいのか？」

相澤に問われる。

「連絡先も知らないので、繋がりようもありませんけどね」

「こっち界隈のフリーライターは」

溜め息に混ぜるような声で忠告される。

「行方《ゆくえ》不明になったり遺体になったりが、珍しくねぇからな」

相澤は複数のフリーライターを飲み仲間にして情報をうまく引き出している。それはもちろん仕事のためだが、ただそれだけのものと割り切れなくなるのが人情というものだ。

だから、繋がるならばその覚悟をしろと言いたいのだろう。


フリーライター町田省吾が殺害された事件の捜査は外国人犯罪組織が絡んでいる可能性が高いため、捜査一課に組対二課が協力するかたちとなった。

外国人に訊きこみをする必要があり、語学に強い鹿倉・早苗ペアが頻繁に駆り出されていた。

「やっぱり今回も東界連合が一枚嚙んでるみたいですね」

覆面《ふくめん》警察車両を駐《と》めてある立体駐車場にはいりながら早苗が言ってくる。

「ああ。このところ関東でのうち絡みの事件にはたいがい嚙んでるな」

「国内外の犯罪組織がぐちゃぐちゃになって——こういうのがどんどん増えるんでしょうね」

早苗が疲労を隠しきれない顔で言う。

「お蔭《かげ》で組対も仕事があって安泰《あんたい》だ」

「暴力団の動きが少なくなったぶん、半グレと外国人で補塡《ほてん》ですか」

面白くない冗談のように早苗が乾いた笑いを漏らす。

「あ、ちょっとトイレに寄っていいですか？」

「車で待ってる」

「了解です」と返して一階のトイレへと走っていく早苗をしり目に、鹿倉は非常階段を上り、二階に駐めてある車の助手席へと身を沈《しず》めた。そして目を閉じかけたときだった。

下方から大きな物音が聞こえた。

嫌な電流が項を走り、鹿倉は車から飛び出すと、車両用スロープを一階へと駆け下りた。大きな麻袋を引きずっている男たちの姿が目に飛びこむ。くぐもった声がして、その麻袋が暴れる。

「早苗っ⁉」

黒い目出し帽を被った男は五人いた。そのうちのふたりが一階に駐めてあったワゴン車のバックドアに麻袋を放りこみ、車を発進させる。

「行かせるか！」

車を追い駆けようとする鹿倉へと、ふたりがタックルをかけてきた。押さえこもうとする男たちの顔面に肘《ひじ》を叩きこんで跳ね起きようとしたところで、項に凄《すさ》まじい衝撃を覚えた。スタンガンだ。全身の神経網が痺れていく。

動けないでいる鹿倉は猿轡《さるぐつわ》を咬《か》まされて手首足首を粘着テープで縛《しば》られたうえで、麻袋へと入れられた。そのまま運ばれ、車の後部に載せられたようだが、どうやら早苗とは別の車であるらしい。猿轡の下から呻き声で呼びかけても返事はなかった。

車の前部に乗っている男たちが「上出来だ」「途中でナンバー変えるからな」などと言葉を交わしている。計画的犯行で、言葉のアクセントからして日本人とみて間違いない。

――東界連合か。

先週は鹿倉を拉致しそこない、今週はさらに町田省吾殺人の件で嗅《か》ぎまわられて、業《ごう》を煮やしたというところか。

仕切りなおしと考えれば鹿倉にとっては最悪の事態ではなかったが、しかし早苗まで捕らえさせてしまったのは失敗だった。

――だが本命は俺だ。早苗はオマケみたいなものだから、命まで取られる可能性は低い。可能性の問題で、絶対とは言いきれないが。

車から袋ごと引きずり出されたとき、壁一枚向こうに波の音が聞こえた。移動時間と併《あわ》せて考えて、川崎《かわさき》の埋立地《うめたてち》にある倉庫あたりか。

痛めつけたうえで海に捨てるには、もってこいの立地だ。

今回はいつものように命綱《いのちづな》ありきで自分を餌にするのとは訳が違う。こんな道なかばで命を投げ出す気はないが、その覚悟も必要になるかもしれない。いずれにしても、ここまで来たら腹を据《す》えるしかない。

袋の口が開いてコンクリートの床に転がされる。すぐに革製の目隠しをされたが、ここが天《てん》井《じょう》の高い大型倉庫であること、そして十数人の男がいることはわかった。

鹿倉は床を引きずられて、鉄骨の柱に背をつけるかたちで座らされた。いったん手首の粘着テープを外されてコートを脱がされ、肩の骨が抜けるかと思うほど強く両腕を後方に引っ張られた。鉄柱をうしろ手にかかえるかたちで、再度、両手首を拘束《こうそく》された。足首に巻かれていたテープをベリベリと剝《は》がされる。

「刑事サンさぁ」

頬をピタピタと冷たいもので叩かれる。ナイフの刃だろう。

「どんだけ俺たちの気ぃ引きたいわけ？　人を小ばかにした冷めたツラして、うろちょろさぁ」

声の感じからして、十代後半ぐらいか。

さっき一瞬だけ見えた男たちのなかに、アッシュグレーの髪をした少年がいた。おそらく彼だろう。

「よっぽど男が好きなんだろ」

下卑《げび》た嗤《わら》い含みの声――こちらは二十代なかばぐらいか。声の感じからしてそうとう体格のいい男だ。プロレスラーのような外見をした男がいたから、それだろう。

「白くて切り心地よさそうな肌してんだけど、ちょっとヤっていい？」

少年が訊くと、第三の男が言う。

「お前に切り刻まれたら、組対の内輪話も聞けないだろう。轡を外してやれ」

三十代ぐらいだろうか。話し方が堅気っぽい。スーツ姿の男と印象が一致する。

追い詰められた状況のせいで、かえって精神が凪《な》ぎ、冷静になっているのを鹿倉は感じる。

物心ついたときから父の道場で剣道を修練してきたが、肉体以上に精神面を鍛《きた》えられていたことを、こんな場面で実感する。

――とにかく目の前のことに対処するしかない。

猿轡を外されて、ひとつ深呼吸をする。

……なにか嗅いだ覚えのある香りが鼻腔を流れた。

前髪を摑まれて仰向《あおむ》かされながら、内腿《うちもも》を蹴られて脚を開かされる。

「組対がうちのことをどのぐらい摑んでるのか、教えてもらえますかね？」

その香りは、鹿倉の脚のあいだに立った第三の男から漂《ただよ》っているようだった。

ほろ苦い……。

――ゼロの匂いだ。

けれども男の声はゼロのものとは明らかに違う。

ゼロの声は闇に溶けるようで、それでいてほかのものと混ざることなく低く通るのだ。

別人ということは似たような香水でも使っているのだろう。

鹿倉は淡々と返す。

「こっちから話すことはなにもない」

摑まれた前髪ごと頭を揺さぶられる。

「その品のいい顔を少し刻まれてみますか？」

「どうとでもすればいい」

「無駄に肝《きも》の据《す》わった刑事さんだ」

男が喉を鳴らす。

「なら、ちょっと口の動きをよくしてもらいましょうかね」

「刑事サン、あーんして」

ナイフ少年の上擦《うわず》った声とともに、唇にひんやりした硬いものが触れる。口角でも切り裂くつもりか。

鹿倉は口を開いた。刃の腹が唇の狭間《はざま》でくねる。

「ほーら、もっと大っきく開かないとはいらないよ？」

金属が擦《こす》れあうようなかすかな音がたつ。

刃が唇から離れたとたん、なにかが代わりにそこに宛《あて》がわれた。

ぐにっとしたなまなましい感触に、鹿倉はとっさに顔を背《そむ》けた。

「…なにをっ」

今度はそのなにかを頰に押しつけられる。

「ツレがどうなっても、いいんですか？」

「――」

「うまくできたら、ツレだけは無事に解放してあげましょう」

半グレが口約束を守るとは思えない。

しかし、ここで拒めば、早苗が命を落とす確率が増す。それは絶対に避けたい。

――選択肢《し》はない。

元はといえば、自分が東界連合を刺激したことが発端《ほったん》なのだ。その始末は自分だけでつけなければならない。

これまでも捕らわれた場合、殴る蹴るの暴行を受けることは計算に入れていた。

それが性的暴行になったところで、男である自分にとっては大差ない。

鹿倉は奥歯をグッと嚙み締めると、背筋を正して後頭部を背後の鉄柱に押しつけた。そして大きく口を開く。

前髪を放した男の手が、ふざけた仕種で、鹿倉の頭をポンポンと叩く。

そして次の瞬間、口に男の性器を押しこまれた。

「ン…ぐ…ぅ」

これまでの人生で一度も想像したことのなかった行為に、強烈な生理的嫌悪がこみ上げてきてえずきかける。すると、それすらも封じるように半勃《はんだ》ちの陰茎を喉へと突っこまれた。

男が甘い吐息をつく。口のなかでそれがむくむくと膨《ふく》らみだす。

……ただの貶《おとし》めるための暴行とはいえ、男が自分の口で快楽を得ている事実に、鹿倉は憤りにも似たものを覚える。

「う――」

舌に亀頭をなすりつけられ、知りたくもない男の味を教えられる。

先走りが舌をぬめらせて唾液《だえき》と混ざり、男がわずかに腰を使うだけで、ちゅ…くちゅ…という卑猥《ひわい》な音が頭のなかに直接響く。

いまや、丸く開かされた唇の口角がピリつくほど、ペニスは膨張《ぼうちょう》していた。

それに喉奥を突き上げられては、ずるずると引き抜かれていく。そのまま抜いてほしいのに、唇に高く張った返しが引っかかり、また一気に深々と喉奥を突かれる。

衝撃に、鹿倉の身体はビクンと跳ねる。

口を隙間なく使われて懸命に鼻で呼吸すると、ほろ苦い香りが流れこんできた。

闇を棲《す》み処《か》とする獣のような男の姿が、閉じている瞼《まぶた》の裏に滲むように浮かび上がってくる。

嗅覚《きゅうかく》というものは、記憶想起と深く結びついているという。

そのせいだろう。ゼロが記憶のなかから抜け出てきて、実体をもつ。

違うと頭ではわかっているのに、いま口を犯しているものがゼロのペニスであるかのような錯覚《さっかく》に陥《おちい》っていた。

自分を担いで走ったときの荒い息遣い。近すぎる距離で見た、黒々とした双眸《そうぼう》。厚みのある大きな唇の、左端だけ歪めるのが癖のようだった。

男女問わず人を惹きつけるに違いない、放埒な雄の色香。

粘膜を、滾《たぎ》った熱い性器で擦られていく。

腰の奥から項までを、妖《あや》しいざわめきが断続的に走り抜ける。

「ん…っ」

弱い口蓋《こうがい》を亀頭で撫《な》ぜられる。

男の指が右の耳に触れてくる。耳孔《じこう》に指を挿《い》れられる。

気持ちよくてたまらないように、太い幹が口内でくねる。

ゼロの香りがする。

ふいに下腹部に圧迫感が生じた。男が靴裏でそこを踏んでいるのだ。踏まれて、自分のペニスが反応しかけていることを鹿倉は教えられる。

——あり得、ないっ。

否定するのに、やわやわと踏まれて、明確な疼《うず》きを覚える。

危機的状況に追いこまれて、肉体がエラーを起こしているのだ。

――……早く、果てさせないと。

焦燥感《しょうそうかん》に駆られて、鹿倉は口のなかのものにきつく舌を這わせた。

予想外の奉仕だったのだろう。男の身体が一瞬、竦《すく》んだ。そして喘いの震えが、繋がっている場所から鹿倉の全身へと拡《ひろ》がる。

フェラチオをするのは当然初めてだが、異性からされたことはある。そして同性だからこそ、どこがどう気持ちいいのかは熟知《じゅくち》している。

喉の奥で亀頭を潰《つぶ》しながら裏筋を舌でさすると、口内のペニスが露骨《ろこつ》に暴れた。

もう片方の耳にも指を入れられ、両手で頭を摑まれる。

そうして頭を固定されて、口をめちゃくちゃに犯された。摩擦《まさつ》に粘膜が熱くなる。唇からふたりの混ざった体液が泡立ちながら溢《あふ》れる。

ふいに、相手へと顔を晒《さら》す角度で仰向かされた。

男が大きく身震いする。

口内に勢いよく精液をぶつけられる感触に、鹿倉の身体は生理的な拒絶にもがく。どろりとした体液を吐き出したくてたまらないのに、男のものがわななきながら新たな粘液を放っていく。

「う…ぐん――ン」

喉が嚥下《えんげ》の動きを繰り返す。

ようやく口からペニスを引き抜かれる。唇から顎へと粘つく体液が垂れるのを感じながら、鹿倉は激しく噎《む》せた。

「すんげぇ動画撮《と》れちゃったぜ」

ナイフ少年がケタケタと嗤いながら言う。

「最高の使い心地でしたよ」

口を犯した男の声と、ファスナーを上げる音とが重なる。

喉に絡む精液とその匂いに頭が朦朧とする。

動画という脅《おど》しの材料を手に入れたところで解放する気なのか、それともまだ凌辱《りょうじょく》を続ける気なのか、……あるいは海に沈める気か。

「俺もお願いしてぇなぁ」

左右の肩に男たちの手がかかる。

唇を噛み締め、上体を振ってその手を撥《は》ね退《の》けようとしたときだった。

突然、倉庫の扉が開かれたらしい音がした。それと同時に複数の靴音が雪崩《なだ》れこんでくる。

「よくもうちのシマを荒らしてくれたなぁ、おらぁぁっ」

ドスの効いた声が轟《とどろ》き、乱闘しているらしい喧噪《けんそう》が一気に倉庫に満ちた。

なにがどうなっているかわからない状態のなか、うしろ手に縛られている縄を外された。そしてあの晩そのままに、荷物のように肩に担がれる。ほろ苦い香りが鼻を掠《かす》める。

――ゼロ、だ。

とたんに身体に籠もっていた力が抜けた。

一度会ったことがあるだけの胡散臭《うさんくさ》い男に担がれて安堵《あんど》するなど感覚が狂っているとしか言いようがなかったが。

潮の匂いのする風のなかへと運び出されて、車に放りこまれた。

革製のアイマスクを外したときには、すでに車は道路を走っていた。

オレンジ色の街灯が道のかたちを教えている。右手に広がる海は、夜空との境界線をなくしていた。

その光景に一瞬ぼうっとしかけたものの、鹿倉はハッとして横の運転席へと手を伸ばし、ゼロの肩を掴んだ。厚みのあるがっしりとした肩だ。

「早苗――俺の同僚がまだ捕らわれてるっ」

「眼鏡くんなら、フリーライター仲間が救出済みだ」

「え…」

「だから安心しとけ」

鹿倉は大きく息をついて、ドッとシートに身を預けた。

視線を落とすと、掌《てのひら》が赤く濡れていた。掌にきつく爪をたてすぎて皮膚《ひふ》が破けたらしい。

「――」

どうやら自覚していた以上の屈辱感《くつじょくかん》を、自分は覚えていたようだ。

苦い声でゼロに問う。

「……今日も東界連合の周りをうろついてたのか?」

「ああ」

「どの時点から見てた」

「お前たちが駐車場で拉致されるとこからだな。倉庫のなかは屋根に上って天窓から見てた」

要するに、鹿倉が口を使われているところも見たわけだ。

「近くにいたライター仲間に連絡入れて、東界連合とモメてる半グレを煽らせて、ついでにお前の相棒も救出してもらった」

「えらく手際がいいな」

「仕事柄《がら》な」

車が埠頭《ふとう》で停められる。ここも倉庫街のようだが、人気《ひとけ》はない。

圧迫感のある身体がこちらに傾いてきた。

「今日はさすがに貸し借りなしってわけにはいかねぇな?」

ゼロが手にしたスマホを操作して、画面を鹿倉へと見せる。

そこには至近距離から撮られたフェラチオシーンの動画が映し出されていた。

「撮影《さつえい》してた奴からくすねてきた」

目を背《そむ》けるのもダメージを食らっているようで腹立たしく、鹿倉は動画を睨み据える。

ゼロが耳に唇を寄せてきた。低音が鼓膜《こまく》に沁みる。

「これでお前を脅して警視庁の情報を流させることもできるわけだ」

「……」

損得勘定ありきで救出したことは、端《はな》からわかっていた。

「でもまずは違うかたちでお近づきになっておくか」

ゼロが肩を抱いてきた。そのまま顎を摑まれて、顔を寄せられる。さっきの性的強要を目撃して、その気になったらしい。

鹿倉は不快に眉根《まゆね》を寄せると、男の顎の下に拳を突きこんだ。

「その程度の動画で買収できると思うな」

拳に押されて軽く仰向いたまま、ゼロが目を眇める。

「少しは可愛《かわい》く困れ」

「くだらない」

鹿倉は平板な声で詰問《きつもん》する。

「お前は、どのぐらい東界連合のことを摑んでる？」

「ああ？」

「答えろ。それだけへばりついてるなら、東界連合が何ヶ国のどの犯罪グループとつるんでるのかも摑んでるのか？」

「当たり前だ」

「こないだフリーライターが東京湾に浮かんでた件に、東界連合が噛んでたのは知ってたか？」

ゼロが苦々しい顔になり、顎の下の鹿倉の拳をぐっと摑んで外した。

「――まあな」

「そうか」

鹿倉は宙を睨み、考える。

――こいつは使える男だ。

情報屋としても優秀なら、護衛としてもすこぶる有能だ。

――飼いたい。

この男を飼うことができれば、自分は組対刑事になった目的を達成できるかもしれないのだ。

――俺は絶対に……。

話をもちかけようと口を開きかけた鹿倉は、左の掌がぬるりとする感触に瞠目《どうもく》する。

見れば、手指を開かれ、皮膚が破れた掌を大きく出した舌に舐《な》めまわされていた。

「おいっ、やめろ！」

手を退《ひ》こうとするのに、手首を摑む男の力が強すぎる。指の股《また》をれろりと舐めながら、ゼロが濡れた眸で見詰めてくる。

ほろ苦い香りが、急に強く知覚された。

自分が、口を使われながら、ゼロのことを考えていたことを嫌でも思い出してしまう。

中指の腹を舌が伝い上がり、指先を噛まれる。

痛みとともに疼きが指から腕へと流れる。不覚にも乱れそうになる呼吸を噛んで、鹿倉は平坦な声で告げた。

「お前は俺から警察が把握《はあく》してる情報を聞きたい。俺はお前から東界連合絡みの情報を聞きたい。利害は一致してる」

ゼロがもう一度、指先に歯を深く食いこませてから返す。

「まさかお前、この俺を手駒《てごま》にするつもりか？」

その声は低くざらつき、嘲笑《ちょうしょう》めいた響きを孕んでいた。

まるで腹のなかに差しこまれた牙に内臓を引っかけられているかのような、これまで覚えたことのないレベルの悪寒がこみ上げてくる。

――呑まれるな。

懸命に自分を叱咤《しった》する。

ゼロが鹿倉の手を投げ出しながら言う。

「俺がお前から警察の情報を吸い取るだけじゃなく、俺がお前に情報を吸い出されるとなると、話がまったく違ってくる」

半眼で目を覗きこまれる。

「俺が町田みたいに海に浮かぶリスクが跳ね上がるってことだ。それをわかって言ってんのか？」

「……ああ。わかって言ってる」

「なら、リスクの補塡をする覚悟はあるわけだ」

男の眸が淫蕩《いんとう》な色にぬめるから、補塡の意味合いはおのずと知れた。

「ある」

ひるみを見せないように短く答えると、ゼロが舌なめずりをした。

「その覚悟とやらを見せてみろ」

鹿倉は無表情のまま、男の下腹部に手を伸ばした。カーゴパンツのファスナーを探る。

口を犯されたときの感触が甦《よみがえ》ってきて、鳥肌がたつ。

——……一度やるのも二度やるのも同じだ。

行為で得るものがあるだけ、今回のほうが割り切りがつくというものだ。そう自分に言い聞かせていると、ふいに助手席のシートが後方に倒れた。肩を摑まれて押し倒される。

ジャケットのボタンを外され、スラックスのベルトに手をかけられる。

鹿倉は思わず男の手を摑んだ。

「口でいいんだろう。俺がお前にする」

「あいにく、しゃぶりたい気分なんだ」

「――――」

「なんだ、急に往生際が悪いな?」

男の手を放して、鹿倉はきつく顔を背けた。

バックルが外される音がして、スラックスの前を開かれる。大きな手で下着のうえからペニスを鷲掴みにされた。

「濡れてるな。滲《し》みまくってる」

されたくなかった指摘に、眉根に力が籠もる。

「しゃぶらされて感じたのか」

無意味でも「違う」と呟かずにはいられない。

屈辱感が甦ってきて、首筋が火照《ほて》る。その首筋に掌を当てられた。

「ドクドクしてるな」

「御託《ごたく》を並べてないで、さっさとやれ」

「そう恥ずかしがるなって」

ボクサーブリーフ越しに亀頭のいただきを親指で捏《こ》ねられる。ぬるつく感触が気持ち悪い。

「なかなかのサイズだな。何人、女を抱いた?」

「うるさい」

「教えろ」

「五人だ」

「嘘だな。十人ぐらいか」

ほぼ正解を言い当てられて、思わず男の顔をまじまじと見てしまう。

そしてその瞬間を待っていたかのように、ゼロが鹿倉の下腹部に顔を寄せた。ダークグレーのボクサーブリーフの、黒く滲みの拡がった部分を咥《くわ》えられる。

そうしながら、男の視線は鹿倉の顔へとそそがれつづける。わずかな表情の変化も見逃さないつもりなのだ。

亀頭を肉厚の唇に挟まれて食《は》まれると、頬の筋肉が引き攣《つ》れた。

男の目尻に笑みが滲む。

鹿倉は舌打ちすると、左脚を宙へと跳ね上げた。ダッシュボードに足を載せる。そして見くだす眼差《まなざ》しを男に向けた。

ゼロが大きな体躯を震わせた。笑っているようにも武者震いをしているようにも見える。

そして鹿倉の挑発に応えて、引き千切らんばかりに下着を下ろした。膨らみかけているペニスが露《あら》わになる。

それへと、じかに舌が伸ばされる。先走りにぬめる亀頭を舐め上げられた。そのまま何度も舌を叩きつけるようにされて、ペニスが躍る。

「っ…」

脇腹のあたりに強い痺れが走り、それが溜まっていく。

自制しようもなく性器が充血して、頭をもたげだす。裏筋を横から咥えられて、唇で擦られた。そこがどんどん強張《こわば》って育ち、力強く勃《た》ち上《あ》がる。

目を背けずにゼロの行為を直視しているのは、もう意地だけだった。

——されるぶんには、男も女も変わらない。

自分の赤みの強い先端が先走りをとろとろと漏らしていくのを見ながら自己弁護する。

男の頰や口許《くちもと》が濡れそぼっていくさまに、不覚にも卑猥さを覚える。

それでもやはり同性にされているという違和感の壁はあるらしく、鹿倉のものは反り返ってはいるものの、果てる一線を越えようとはしない。

いくらか男が焦れてきているのがわかって、余裕が生まれた。

「なぁ」

問いかけてみる。

「男が好きなのか?」

行為を中断してゼロが答える。

「男か女かは問題じゃない。そそられるか、そそられないか、それだけだ」

「俺にはそそられるってことか。ありがたくないな」

軽口で一矢《いっし》報いた直後、亀頭だけを男の口に含まれた。

含んだだけで、なにもしようとしない。

「……」

どういうつもりかと凝視《ぎょうし》していると、露わになっている茎の部分がわなないた。

しばらくすると、またもどかしげにわななく。

そして実際、鹿倉のなかで欲求が刻々と高まってきていた。

――イきたい……。

もう少しの刺激で射精できるはずだ。

さっきまでの余裕が、いまや逆に焼けつく渇望《かつぼう》へと変わっていた。

茎が強くしなって、刺激を欲していることを相手に伝える。けれども、ゼロは舌のひとつも使おうとしない。

しかし言葉でねだることなど、できるはずもなかった。

「ふ…」

こらえきれずに、鹿倉は両手で男の頭を摑んだ。そして腰を突き上げる。

ずるんと粘膜のなかにはいったとたん、全身を甘い痺れに包まれた。その感覚に、残っていた抵抗感が吹き飛ぶ。そこからはもう本能のままに腰を動かした。粘膜にペニスを擦りつけていく。

愉悦《ゆえつ》に溺《おぼ》れながら視線を下げると、ゼロがわずかに眉間《みけん》に皺を寄せていた。

鼻を明かしてやったような心地よさのままラストスパートへと向かおうとしたが。

突如《とつじょ》、男の強い手に腰をシートに押さえつけられた。

「あ、あ？」

喉奥までペニスを咥えられる。

亀頭を吸いこもうとしているかのような強烈な刺激が起こる。

「あぁ――やめろ――っ！」

鹿倉は男の背中を殴った。筋肉に鎧《よろ》われた硬い背中だ。

けれども吸引はわずかも弱まらず、むしろ増していく。

――嵌《は》められたのか…っ。

ゼロはその気になれば、容易に鹿倉を果てさせることができたのだ。

しかしそうせずに、焦らし、鹿倉のほうから求めさせた。そして痴態《ちたい》を晒《さら》させたうえで、圧倒的な方法でマウントを取ってきた。

「あ、ぁ、あ、ぁあぁ」

細切れの声を止められない。

――くそっ！

腰がよじれて、身体がビクビクと跳ねる。

傷ついた掌に爪をグッと立てて拳を握る。せめて痛みで快楽に抗《あらが》おうとするのに、男の指が拳のなかに無理やり侵入してきた。

手を握ってこようとする男の手指に、爪を喰いこませて……。

「うう――っく」

身体が強張りきり、波打つように震えた。

口惜《くや》しさにまみれながら射精する。

放ったものを嚥下する粘膜の蠢きに、腹部がわななく。

最後には残滓《ざんし》まで啜《すす》り出《だ》されて飲まれた。

ようやく男がペニスを解放すると、鹿倉は握られたままだった手を振りほどき、下着を引き上げてスラックスの前を閉じた。ベルトをバックルに通しながら、低い声で釘《くぎ》を刺す。

「これで俺を支配できたと思うな」

「そう尖《とが》るなって。俺もお前も満足した。ギブアンドテイクでいいだろ」

同性にフェラチオをして満足するという感性が理解できないが、よけいなことを言って、これ以上の行為を求められでもしたら厄介だ。

黙る鹿倉の横で、運転席に身体を戻したゼロがスマホを手にする。

太い指が画面のうえを素早く滑《すべ》る。

それを見るともなく眺めていた鹿倉は、倉庫で撮られた動画が消去されるのを目にして、思わず尋ねた。

「どうして消した？」

いくら鹿倉が動画などで買収されないと嘯《うそぶ》いても、保存しておけばいざというときに利用できたはずだ。

左の口角をわずかに捻《ね》じるようにしてゼロが答える。

「俺はお前を飼って、お前に俺は飼われる。こんな首輪なんて必要ねぇだろ？」

「──」

いまの行為で、自分たちのあいだには特殊な繋がりが成立したのだ。

鹿倉はうしろに倒れたままのシートに身体を預けて目を閉じる。快楽の余韻《よいん》が痺れとなって下肢《かし》にまとわりついているのが腹立たしい。

この男は摑みどころがないが、ただひとつ確かなのは、決して甘く見てはいけない相手だということだ。

──かならず、手なずけてやる。

闘志《とうし》めいたものをいだきながらそんなことを考えていると、スーツの内ポケットが振動した。

スマホを取り出して表示を確かめ、鹿倉はわずかに頰を緩《ゆる》めた。

電話に出ると、早苗が引っくり返った声で無事を確認してきた。早苗は特に怪我などもないようで、鹿倉は安堵を覚えて電話を切る。

そしてシートを起こし、ゼロに告げた。

「うちのカワウソが、ライターに助けられたってキューキュー報告してきた」

早苗の報告は、ゼロが言っていたことと一致していた。

「助かった」

頭を下げると、ゼロが喉で短く笑った。

「どういたしまして」

3

警視庁本庁ビルを出て霞ケ関《かすみせき》から日比谷《ひびや》線に乗り、自宅マンションのある神谷町《かみやちょう》では降りずに、四駅先の中目黒《なかめぐろ》まで行く。そこから徒歩七分の距離にあるマンションへとはいる。エレベーターに乗り、七階の最上階で降りる。

南東角部屋の玄関ドアを合鍵《あいかぎ》で開けた。

二十一時二十分。室内は暗く、まだゼロは来ていないようだった。

明かりを点《つ》けると、オレンジがかった電球がクリーム色の壁を照らしだす。1LDKで、リビングダイニングは十三畳、もうひと部屋は六畳ぐらいだ。

この分譲マンションの築年数は古いが、部屋はリノベーションしてあり、ベランダからは目黒川を眺めることができる。

ここをランデブー場所に指定したのはゼロだった。

しかし彼が普段暮らしている部屋というわけでもないらしく、私物はほとんどない。ソファセットはあるものの、ほかには寝泊まりできる最低限の家具と日用品が揃《そろ》えてあるだけで、生活感はない。

一ヶ月前にゼロと互いを飼いあう関係になった。

それから二度、ここで会った。今夜は三度目だ。

ゼロは相変わらず「ゼロ」としか名乗らない。アウトロー系のフリーライターの情報を集めたが、いまだゼロに合致すると確信できる人間には辿《たど》り着《つ》けていない。

この部屋の所有者経由からも身元を探ろうとしたが、登記にあるのは杉山祐子《すぎやまゆうこ》という名古屋在住の三十歳の主婦で、部屋は賃貸に出しており、その賃貸契約をしているのもまた神奈川県在住の主婦だった。そこからいくつか又貸しを経《へ》てゼロが使っているらしい。

鹿倉《かぐら》は部屋をぐるりと見回す。

どこに盗聴器や盗撮器がしこまれていてもおかしくない。むしろ、あると考えるべきだ。それを前提としてゼロと接している。

こちらからゼロに渡す情報は、横流ししたところで捜査に支障が出ないものだ。

だがゼロのほうは、予想外に多くの有益な情報を流してくれていた。

もちろん彼のほうでも、計算したうえで渡す情報を精査しているに違いないが、それでも警察では摑めていない深度のものだった。

鹿倉はコートとジャケットを脱いでソファの背凭《せもた》れにかけると、洗面所に行き、冷水を顔に叩きつけた。

濡れたままの顔を上げて、ネクタイを緩める。

「インテリヤクザか」

早苗の言葉が思い出されて苦笑する。

一重の切れ長な目、酷薄《こくはく》そうな唇、細く通った鼻梁《びりょう》――それらをまとめる険のある顔つき。

確かに警察官というよりはヤクザのそれに近いかもしれない。

施錠《せじょう》しておいた玄関の鍵が開けられる音がした。ゼロが来たのだ。

タオルを使わずに掌で顔の水を払うと、鹿倉はリビングに行き、ソファに腰を下ろした。

ゼロが部屋にはいってくる。

「よお」と声をかけられて「ああ」と返す。

横にゼロが座ると、革ジャケットから凝縮された冷気が漂ってきた。

「バイクか？」

見抜かれたことが意外だったのか、ゼロがわずかに目を眇めた。そして無言のまま鹿倉の顔に手を伸ばす。顎に伝う滴《しずく》を親指で掬《すく》われる。

ゼロがその滴を舐め取るさまに、今度は鹿倉が目を眇めさせられた。

「で、なにを知りたい？」

黒革のソファにどっかりと身を沈めて訊いてくるゼロの口許に、白い靄《もや》が浮かぶ。

部屋にエアコンはあるが点けていないから、室温は十度を切っていた。

ワイシャツと下のタンクトップにスラックスという格好の鹿倉は肌が冷えきっていくのを感じていたが、この男を相手にするときはこのぐらいでちょうどいい。

「町田省吾《まちだしょうご》の件だ」

フリーライター殺害事件に、東界《とうかい》連合と外国人犯罪組織が噛んでいるのは間違いないようだったが、実行犯はいまだ特定できずにいた。

「町田はどうやら人身売買のネタを追っていて、それが逆鱗《げきりん》に触れて、ああいうことになったらしい」

ゼロがぼそりと言う。

「未成年の、な」

鹿倉は身体をゼロのほうに向けた。男の目を見る。

「あいつら、未成年を密入国させて売りをさせてるのか？」

「未成年の仕入れルートはそれだけじゃないがな」

「……国内で家出したり誘拐《ゆうかい》されたりした子供も、ということか？」

ゼロがぶ厚い肩を竦《すく》めて、話を先に進める。

「町田殺害を指示したのは東界連合で、じかに手を下したのは密入国を手掛けてる外国人集団のほうだろう。最近、その手の汚れ仕事は外国人にさせてるからな」

「どの国の、なんていう組織だ？」

鹿倉が詰問すると、ゼロはあっさり答えた。

「ベトナムマフィアだ。ベトナムの、ロンラン」

ラの音は日本語にはない濁音《だくおん》に近いものだ。

「ロンラン――蛇の胤《たね》、か？」

「そうだ。新約聖書でイヴを誑《たぶら》かした蛇がサタンで、蛇の胤ってのは、サタンの末裔《まつえい》って意味でつけたらしい」

「聞いたことがない組織名だ」

「ああ。若者中心の新興勢力だからな」

「サタンの末裔を名乗るのは、確かに若そうだな」

この情報は非常に有益だ。明日からの展開を考えて口許に笑みを滲ませていると、男の硬い指先に耳の裏をなぞられた。

「今日はここであっちと、どっちだ？」

ここはソファで、あっちは寝室のベッドだ。

初めてこの部屋に来たときは、ここでまたゼロにフェラチオをされた。二回目はベッドで、俗にいう兜合《かぶとあ》わせをした。男同士の行為にまったく不慣れな鹿倉はどうにも分が悪く、主導権を握れずにいる。

そもそも行為は、情報の対価というわけではない。

実際、前回に会ったときは鹿倉のほうがゼロに情報を渡し、そういう意味では対等の関係だった。

だからあの行為は、互いがリスクを取りつづける協定の更新手続きのようなものだ。肉体関係などというものに特別な効力などないのは承知しているが、それが相手を自分に縛りつける要素にはなり得る。

……ゼロの本名すら、いまだに摑めていない。

ともすれば闇に溶け消えて、二度と接触できなくなるのではないかという焦燥感めいたものが胸で燻《くすぶ》る。

自分の肉体を餌にして使える男をおびき出せるというのならば、そういう手を打っておく。

それだけのことだ。

——ようやく、東界連合絡みの人身売買の事案に辿り着いたんだ。

それこそが鹿倉が警察官となり、組織対策部の刑事となることを切望した始まりの事件に繋がるものだった。

十一年前のあの事件を暴《あば》くためには、なんとしてでもゼロと繋がっていなければならないのだ。

「あっちにする」

立ち上がりながら返す自分の口許に靄《もや》が生じる。その白さが濃くなっているのがわかった。外界よりいくらか温度が高いだけの部屋にいて肌の表面は冷えているのに、その下にむずりとする熱が溜まっている。

同性との行為という違和感を差し引いても、この男との行為がいかに強い快楽をもたらすかを、肉体は学習しかけている。そのことに危うさを覚えてはいるが、二の足を踏むわけにはいかない。

自分を鼓舞《こぶ》して暗い寝室にはいり、ベルトを外していると、視界にパッと暖色の光が満ちた。このあいだは寝室を暗くしたままの行為で、気分的にそのほうが楽だったからこちらを選んだのだが、かといって暗くしてほしいなどという言葉は、まるで恥じらっているかのようで口が裂けても言えない。

ゼロが脱いだ革ジャケットを乱暴に床に放る。

伸縮性の高い黒いカットソー一枚になったその上半身は、肩周りや胸部に見事な厚みがあり、腰はがっしりしつつも引き締まっている。

スポーツで鍛《きた》えた肉体というのは、それに特化するように偏《かたよ》りが出るものだが、ゼロの肉体からはそれが見て取れない。

生きるために必要なものを身に備えたかのような……それ故《ゆえ》に、強い野性味を感じさせる身体つきなのだ。

ベルトを外す手を止めて観察してしまっていると、ゼロが一瞬にして間合いを詰め、二の腕を摑んできた。摑まれたと思った次の瞬間には、ベッドに身体を投げ飛ばされていた。

剣術のみならず体術にも覚えがあるだけに、矜持《きょうじ》を傷つけられる苛立ちを鹿倉は覚える。

しかし睨みつける間もなく、ベッドに載ってきたゼロにスラックスと下着をまとめて脚から引き抜かれた。

黒い靴下だけ履《は》いた脚のあいだに陣取《じんど》られ、ギラつく目で見下ろされる。

同性から欲望の対象にされることに、やはり鳥肌がたつような違和感を覚える。嫌悪感にも劣情《れつじょう》にも転びそうなギリギリのラインの違和感だ。

鹿倉の姿に視線を這わせながら、ゼロがみずからのカーゴパンツと下着を膝まで下ろす。

腿の使いこまれた筋肉の流れ——そして、同様に使いこまれているのだろう陰茎に、鹿倉は視線を這わせ返す。

陰茎はすでに頭を浮かせかけていた。

ゼロがゆっくりとした動きで鹿倉の両脇に手をつく。ペニス同士が近づく。

まだやわらかい自分の性器に硬くなりかけた同じ機能をもつ器官で触れられる。

「――」

嫌悪感に感覚が傾いて、身体の芯がキュッと竦む。

ペニスでペニスを擦られて、鹿倉は膝を立て、内腿の筋を引き攣らせた。今日は明るい部屋で行為に及んでいるせいだろう。視覚から来る違和感があまりにも大きすぎる。

――俺はなにをしているんだ……。

協定の更新手続きという目的ははっきりしているものの、行為を受け入れられない。

絡むペニスから視線を逸《そ》らすと、黒いカットソーに肉体のかたちを浮き立たせた上半身が目にはいる。その身体に覆い被さられていることに、言いようのない息苦しさを覚える。

そこからさらに視線を上げると、黒い眸と視線がぶつかった。

ずっと顔を見られていたらしいことに気づいて、鹿倉は視線を鋭くする。

ゼロが厚みのある唇をめくるように半開きにして、気持ちよさそうな吐息を漏らす。

「……」

その表情に、悪寒が強まる。

「嫌でたまらないって顔だな」

嗤い含みに言われて、吐き捨てるように返す。

「当たり前だ」

「身体は嫌がってないけどな？」

ゼロが愉悦に身を震わせる。

「もう濡れてるぞ」

そんなはずはない。まだ嫌悪感しかない。

反論するために下腹部へと視線を戻した鹿倉は、思わず眉を歪めた。

いつの間にか自分のペニスは反り返り、赤みの強い先端をしとどに濡らしていた。

そして鹿倉の視線をそこに縛りつけた状態で、ゼロが腰を浮かせた。鹿倉の屹立《きつりつ》を摑んで角度を合わせて、亀頭同士を正面から重ねる。ぬるついて光る先端が互いを潰しあう。

「っ…う」

鹿倉は呻き、腰をわななかせた。

十日前にこの部屋で暗がりのなか、この行為で快楽に溺れたときの感覚がなまなましく甦ってきていた。

ついさっきまであった白々しさが溶け崩れ、呼吸が喘《あえ》ぐように乱れた。

男に握られた茎が身をくねらせる。

きつく密着した場所が熱くなって蠢き、キスをする。ふたりが新たに漏らした大量の先走りが混ざって、鹿倉の茎を根本まで伝い落ちていく。

茎の中枢《ちゅうすう》が痛いほど痺れている。

違和感は、いまや完全に劣情のそれへと転落していた。

――麻薬だ……。

この男は、喉から手が出そうなほど欲しい情報を与えてくれる。

そのうえでさらに、強烈すぎる快楽までも与えてくる。

強い中毒性で人を支配する。

ゼロの体温もまた上がったせいだろう。ソファにいたときはほとんど感じなかったほろ苦い香りが、男の肌からくゆる。

「……ッ」

鹿倉はきつく眉根を寄せた。

ともすれば快楽に流されそうになる意識を繋ぎ止める。

この男が麻薬ならば、自分もまたこの男にとっての麻薬にならなければならない。そうでなければ押し負けて、一方的に都合よく飼われる関係へと堕《お》ちる。

ゼロが大盤《おおばん》振る舞いしてくる情報も快楽も、そういう計算があってのことなのだ。

――嵌められてたまるか。

鹿倉は意識と肉体にあるだけの力を籠めた。

男の脚に外側から脚を絡め、カットソーの胸倉を摑む。そして全身のバネを使って、ゼロの身体ごと横転した。

仰向けになったゼロのうえで上体を起こす。

顔に流れ落ちた前髪の下から男を見くだす。

ゼロが淡く目をしばたたき、それから嘲笑うように口角を歪めた。

「やる気が出たか」

そう言って、わざとらしく大の字に腕と脚を投げ出す。

余裕を見せる男の、体格に見合った極太の性器に、自分の性器を添わせて両手で握りこむ。

――こいつが中毒性のある獣なら、俺もそうなるまでだ。

闘争心が劣情を焚《た》きつけているのか、鹿倉のものは先走りをとろとろと漏らす。

男のうえで腰をくねらせると、濡れた音をたてて裏筋が擦れる。その刺激にゾクゾクとした疼きを覚えながらも、唇を噛んで、腰を回しては前後に揺する。

カリの部分が擦れあう感触に、鹿倉は身体をビクつかせた。

すると、手のなかで男のものがもがくように暴れた。

その反応に、支配する昂揚感《こうようかん》が生まれる。

鹿倉は身を震わせながらも、指先で相手のぶ厚い亀頭をなぞり、捏ねまわした。

ゼロが強い吐息を漏らす。

下敷きにしている身体は相変わらず大の字になったままだが、その腕や胸部、みぞおちから下腹部へと力が籠められていくのが、浮き立つ筋肉の動きから知れた。

——追い詰めてやりたい。

反応を引き出せたことに、本能的な欲求がこみ上げてきていた。

ぐしょ濡れになっている男の先端の溝に指を宛《あて》がう。そこにある小さな孔《あな》を爪でカリカリと引っ掻いてやる。

「っ…く」

凶悪な皺が男の鼻に刻まれる。

——もう少しだ。

もう少しで、この獣の泣きっ面《つら》を見られる。

腰の動きを速める。摩擦《まさつ》にペニスが熱しきり、いまにも蕩《とろ》けそうになる。それを懸命にこらえて男の牙城《がじょう》を突き崩そうとしたときだった。

ゼロの手に、ネクタイを摑まれた。

引っ張られるままに上体が前傾する。顔が近づく。

唇と唇がぶつかる寸前で、鹿倉は右手を男の胸についた。ゼロが頭を上げる。唇にやたら熱い吐息がかかる。

別に、キスに特別な思い入れなどない。

けれども、したくなかった。この男とはしたくない。

唇が触れそうで触れない距離を保ったまま、左手で男の亀頭をなぶりながら腰を遣《つか》う。自分も果てそうなギリギリのラインで、男を追い詰める。

「ぐ、…」

ゼロが濁《にご》った音で喉を鳴らした。

自分の手とペニスで、男のものが爆《は》ぜようとしているのを感じて、鹿倉は胸を震わせる。

最後の追いこみにはいろうとしたとき、急に左の臀部《でんぶ》を鷲摑みにされた。荒々しく揉みしだかれて、ペースを崩される。

すぐ間近にある奥二重の目尻に笑みが滲む。

尻を摑んだまま双丘の狭間へと指が滑《すべ》りこんでくる。後孔の窄《すぼ》まりに指先を載せられて、鹿倉は瞠目《どうもく》した。襞《ひだ》をほぐすように、くじられる。

けれどもいま攻勢を緩めるわけにはいかない。

――このままケリをつけてやる…っ。

斟酌《しんしゃく》せずに左手と腰を動かしつづける。

「…ぁ」

皮膚の厚い男の指が、窄まりを歪めた。力を籠めて侵入されまいとするのに、抉《こ》じ開《あ》けられる。

「い――」

歯を噛み締めたまま言葉にならない声を鹿倉は漏らす。

第一関節まで指を含まされたまま腰を振りたてる。

「きつい孔だな」

ゼロが嗤い声で呟きながら、粘膜の浅い場所をぐるりと掻き回した。

頭の奥で光が明滅《めいめつ》するような感覚が起こる。

どちらが先に達したのか。

ふたりして呻き声を漏らして、体液を噴《ふ》いた。重なった身体のあいだで、ねばつく精液がどちらのものともわからないほど混ざりあう。

鹿倉は背後に手を伸ばして男の手首を摑むと、自分のなかから指を引き抜いた。そして身体を、ゼロの横にごろりと転がす。

負けはしなかったが、勝ちもしなかった。

快楽の余韻に閉じた瞼《まぶた》と脚の筋がヒクヒクと震えている。

顔をきつく手で擦る。

鼻腔に、ほろ苦い男の匂いが充満している。

その匂いは完全に快楽と紐付《ひもづ》けされてしまっていた。

「なあ、鹿倉」

横から声をかけられる。

一瞬、違和感を覚えて、名前を呼ばれたからだと気付く。

「なんだ?」

天井に視線を向けたまま返す。

「どうして東界連合に拘《こだわ》ってるんだ?」

「仕事だからだ」

「組対《そたい》二課ならメインは海外の連中だろ。こんなことをしてまで東界連合の情報を集めるのには理由があるはずだ」

よく見抜いている。

だが、そんな精神の深部までゼロと共有するつもりはない。

鹿倉は質問に答えないまま身体を起こした。

「帰る。また連絡する。必要なら、そっちからも連絡をくれ」


「いま帰ってきたところですか?」

自宅マンションのエレベーターにあとから飛びこんできた早苗優《さなえすぐる》は、手にコンビニのレジ袋を下げていた。

「ああ、まあな」

ほんの数十分前まで、同性と性的行為に及んでいたことが、非現実的なことのように思われる。けれども現に、身体の芯にまとわりついている残り火は、十二月の夜の冷気にも消されることはなかった。

「あれ？」

早苗が小動物のように鼻をひくつかせながら身体を寄せてきた。

このコートの下、ワイシャツには自分とゼロの精液が染みこんだままだ。その匂いを嗅ぎ取られたのかと身構えたが。

「香水、つけてます？」

「――」

ゼロと行為をした直後、すぐに服を着てマンションをあとにしたから、あのほろ苦い匂いが移っているのかもしれない。

「ああ、なんだ。そういうことですか」

早苗が名推理をした顔をする。

「デートだから張りきってつけたんですね。鹿倉さんにもそういう普通のところがあるってわかって、安心しました」

エレベーターのドアが開く。五階で降りた早苗がこちらに身体を向けなおして、「お先に失礼します。おやすみなさい」と頭を下げる。

自分の部屋に着いてから、鹿倉は廊下にコートを脱ぎ落とし、バスルームに直行した。頭からシャワーを浴びて念入りに身体を洗い流したけれども、鼻の奥にこびりついているゼロの匂いまでは消すことができなかった。

4

年末年始、鹿倉《かぐら》は関東近辺を駆けずりまわって過ごした。

台湾《タイワン》籍の男女二十人が、中国の富裕層相手に特殊詐欺をおこなっていた案件の処理のためだった。彼らの拠点は七ヶ所にあり、そこを家宅捜索して名簿などの証拠品を押収し、近隣住民への聞きこみもおこなった。

いまや特殊詐欺のターゲットは全世界であり、また犯罪者のほうも国境など無関係になっている。

一ヶ月が飛ぶように過ぎ、そのあいだ、ゼロとも会わなかった。

鹿倉のほうからは連絡のひとつもせず、またゼロのほうからもいっさいの連絡はなかったのだが、ちょうど一段落したころにスマホにメッセージが届いた。

『桜112／21』

ふたりのやり取りは、他人がメッセージを見てもわからないようにしてある。

鹿倉は『／2230』と返した。

かくして、一月十二日、二十二時二十分、鹿倉は中目黒《なかめぐろ》の駅に降り立った。

目黒川沿いの夜の遊歩道を足早に歩きながら、この感覚はなにかに似ていると思う。懐かしい感覚だ。日常がふつりと途切れて、非日常へと足を踏みこんでいくかのような。

――ああ、秘密基地か。

小学四年のころ何度か、夜なかにこっそり家を抜け出して、友達三人で秘密基地――川沿いの廃屋《はいおく》に集まった。夜に川沿いの道を走っているときの、まだ知らない世界に近づいていっているような昂揚感。雨のあと、夜の川が水嵩《みずかさ》を増して強い音をたてていると、危機感に鳥肌がたってゾクゾクした。

しかしそれもある晩、友達のうちのひとりが川に流されて大人に救助されるという事件で、親たちの知るところとなり、こっぴどく叱られたうえで夜に抜け出していないか子供部屋を定期的に覗かれるようになってしまい、終わりを迎えたのだが。

すっかり記憶の彼方《かなた》に流していた過去を引き寄せながら、鹿倉はマンションへと辿り着く。

部屋にはいると、ゼロは黒革のソファに長々と身体を伸ばして眠っていた。

呼び出しておいて眠っている男に苦笑いしつつ、鹿倉は部屋を見回す。

前に来たときより、ものが増えていた。新たに、カウンターテーブルの横にスツールがふたつ並び、キッチンには小型冷蔵庫がはいり、クローゼットを開けるとハンガーが五本かかっていた。それにコートをかける。

冷蔵庫のなかには缶ビールがずらりと並んでいた。それをひとつ手にして、ソファのところに戻る。ゼロはまだ眠っている。

鹿倉はローテーブルに腰を下ろしてビールを口に運びながら、眠る男を眺めた。

――こいつは、どんなふうに育ったんだろうな……。

自分の子供時代のことを思い出したせいだろう。そんな疑問が自然と湧いてきていた。

子供のゼロを想像してみようとする。

……どうしても、ランドセルを背負っている姿が想像できない。

小学生が無理なら中学生、高校生と年齢を上げて思い描こうとしたが、その姿には黒い靄がかかっていて見えてこない。

――家族はどうだ？　父親母親、兄弟姉妹。

ゼロの要素を分解して両親に割り振ってみる。肉厚の唇は母親譲《ゆず》りかもしれない。この骨太の体軀は父親譲りだろう。兄弟姉妹がいたとしたら、どこが似ているのだろう？

「……」

鹿倉は眉間に皺を寄せて首をひねる。

薄らぼんやりと家族の外見を想像することはできたものの、その横にゼロを嵌めこもうとす

ると、やはり黒い靄のなかに消えてしまうのだ。

仕事柄、胡散臭い人間は山ほど見てきた。その家族から聴取することもあり、ざっくりとではあるが類型化できている。

けれどもゼロは、既存の類型化から外れたところにいるように思えてならない。

——何者なんだ？

フリーライターであるとかいう社会的な意味ではなく、この男の存在そのものがどういったたぐいのものなのかを知りたい欲求が起こっていた。

ただ情報を吸い取るだけの使い捨てならば、そこまで知る必要はない。そう頭ではわかっているが、類型化できない存在に、人間は畏怖《いふ》を覚えるものだ。

その畏怖をかかえているのは、こちらが劣勢《れっせい》になることを意味する。

険《けわ》しい顔つきで眠る男を凝視していた鹿倉は、ふと床に目を転じた。そこにスマートフォンが落ちていた。

ゼロが眠っているのを目視で確認してから、それを拾う。

指紋認証なら指を当てさせれば解除できるが、さすがに目を覚ますリスクが高い。それでも少しでも情報を得たくて電源をオンにした。

ロック画面が現れる。

黒一色だ。

——わざわざ気に入りの画像を設定するようなタイプじゃないか。

そう思いながら画面に視線を落としていた鹿倉は、すうっと目を細めた。

一見するとなにも映《うつ》っていないように見えるが、そこには薄っすらと、五つの点があった。いやよく見ると、ひとつの点のすぐ傍《そば》にもうひとつ小さな点がある。

潰れた台形を縦にしたような配列で並ぶそれに見覚えがあるような気がするが、思い出せない。

記憶を探っていると、ゼロが「んん」と呻き声を漏らした。

鹿倉はスマホを床に戻し、一拍置いてから声をかけた。

「いつまで寝てる気だ?」

「ん——あ」

不機嫌そうな皺を眉間に寄せながら、ゼロが薄目を開ける。そして乱暴に掌で顔を掻き混ぜるように擦った。

「欲しい情報があるから俺を呼び出したんだろう?」

のそりと身を起こして大きく伸びをしたゼロが、鹿倉と向かい合うかたちで座りなおす。膝頭がぶつかるが、避けるのも過剰《かじょう》反応のように思えて、鹿倉はそのままにしておく。

「ロンランのことだ」

ロンラン——蛇の胤を名乗るベトナムマフィアが、東界《とうかい》連合と組んで人身売買をおこなっているという情報を、前に会ったときにゼロからもらっていた。

鹿倉は思わず身を乗り出す。ゼロも前傾姿勢になっていたから、顔がぐっと近づく。

抑えた低い声で鹿倉は尋ねた。

「なにか新しい情報があるのか?」

「ロンランが日本で足がかりにしてる拠点《きょてん》がわかった」

「どこだ?」

ゼロが床からスマホを拾い上げた。

ついさっき、そのロック画面を見た鹿倉はドキリとしたが、ゼロはそれを操作して表示した地図をこちらに向けた。

千葉県市川市《いちかわし》の、江戸川《えどがわ》に近いエリアだ。

「ここに、ファオファーってベトナム料理の店がある」

「ファオファー……花火、か?」

「そうだ。ロンランの奴らが若い女を連れてここの裏口から頻繁に出入りしてる」

鹿倉は思わずスマホを握っているゼロの手ごと、ぐいと摑んだ。

「ここの裏口から出入りしてる奴らの動向を追えば、東界連合絡みの人身売買のほうも押さえられるってことか」

「ロンランの情報がはいったら、またお前に流す」

「頼む」

そう言ってから、鹿倉はひとつ瞬きをして目を上げた。

至近距離にある男の目を覗く。

「わざわざロンランについて調べたのか?」

「まあな」

「どうして、そこまでしてくれる?」

ゼロが背中をソファに戻しながらにやりとする。

「お前のため?」

「嘘をつけ」

「半分は本当だ」

「残りの半分はなんだ?」

男の顔から笑みが消えて、眸の闇が増す。

「利害関係の一致だ。俺は東界連合を潰したい」

「……」

自分が東界連合絡みの人身売買に私怨《しえん》をいだいているように、この男にもまた強い原動力となるものがあるらしい。

――だから東界連合のことを執拗《しつよう》に嗅ぎまわってるのか。

それがフリーライターとして取材をしていくうえで生じた義憤のようなものなのか、鹿倉のように私的な怨嗟《えんさ》なのかはわからない。

しかし、自分たちが同じ方向を向いているのは確かだった。

そもそもゼロは、東界連合を潰したいという目的があったからこそ、その東界連合を執拗に追っている鹿倉に興味をもち、接触してきたのだろう。

みぞおちのあたりが熱くなる。

たぶんこれは悦《よろこ》びの感情だ。

真の同胞とすでに繋がれていたのだという悦び。

柄にもなく少し情動的になっていた。それを深呼吸で宥《なだ》め、鹿倉は摑んだままになっていたゼロの手を離し、尋ねた。

「利害が一致しているとはいえ、一方的に情報をもらってばかりもいられない。そっちもなにか欲しい情報はないのか？」

ゼロが少し考える間を置いてから、ぼそりと言う。

「いまだとエンウかなんかだな」

「エンウか…。うちでもたまに名前は出るが、存在の有無も確証がないような状態だ」

「やっぱり、そっちでもその程度か」

かなりの深度で半グレの情報を得ているゼロですら、エンウの尻尾を摑めていないわけだ。

もしかするとなにかをカモフラージュするために作りだされた架空の集団なのではないかない。

──そんなことを口にする組対刑事も出はじめているが、あながち的外れでもないのかもしれない。

その日はなんとなく、性的な行為には及ばないまま解散となった。

目黒川沿いを通って駅へと向かいながら、自分の身体の底にジクジクとした不燃焼感がくすぶっているのを鹿倉は感じる。

──俺は別にそういうことを期待してたわけじゃない……。

肉体の不燃焼感とは裏腹に、気持ちのほうはかなり昂揚していた。

東界連合絡みの人身売買を暴き、潰すという目標への大きな布石を手に入れられたのだ。

そしてゼロもまた、自分と同じように東界連合を潰すために動いてきた人間だったのだと知った。

熱を帯びた息を冷たい夜気に放ち、仰向く。

星は、地上の明かりに光を薄められて消えかけていた。

課長の滝崎《たきざき》に召集《しょうしゅう》をかけられ、会議室に組対二課の刑事四十人ほどが着席した。

「先週、関東一円の技能実習生監理団体の会合があって、その際に作られた要望書がうちにも回ってきた。目の前に置いてある、それだ」

鹿倉はコピーされた十枚ほどの要望書にざっと目を通して、思わず苦い顔になる。

「何年にもわたって問題になってきたが、外国人技能実習生が実習先から行方をくらますケースが増加しつづけてる。特にこの一、二年はその数字を見ればわかるとおり酷《ひど》いもんだ。監理団体様方によれば、実習生を騙《だま》して連れ去ってる組織があるから、それを取り締まってほしいってわけだ」

外国人技能実習生の監理団体の正式名称は、「技能実習生の実習活動の監理を行う非営利団体」だ。認可法人「外国人技能実習機構」から許可を受けている団体は全国におよそ二千六百ほどもある。

監理団体は規模もバラバラで、大規模なところは日本全国に技能実習生を派遣しており、非営利団体という看板に偽《いつわ》りありの状態になっている。

実習生ひとりあたり三十万円ほどの費用を、監理団体は受け入れ先の企業から受け取る。また実習生を送り出す各国の組織からもキックバックをもらっているところもあり、濡れ手に粟《あわ》状態だ。

そして、そうした諸々《もろもろ》の費用は実習生が借金として負うことになる。

このところ、「技能実習生制度の闇」というネタをマスコミは好んで扱い、劣悪な労働環境に焦点が当てられがちだが、実際のところは監理団体からして闇に堕《お》ちているケースがままあるというわけだ。

「監理団体が役に立ってないんだから、そりゃ逃げ出しもしますよねぇ」

隣から早苗《さなえ》がぼそぼそ声で言ってくる。

「逃げ出した先が、さらに地獄《じごく》ってこともあるがな」

小声でもない大きさで返したから、滝崎課長と同僚たちの視線が鹿倉に集まる。

「まあ、そのとおりだな」

肩を竦める滝崎に、鹿倉は尋ねる。

「それで、実習生を連れ出してるのは、どの組織なんですか？」

「監理団体側が名前を挙げてきた組織は、ふたつ。東界連合とエンウだ」

エンウの名が出てきたことに、会議室にざわめきが拡がる。

「エンウって、あのエンウか？」

「実在してるってぇことか？」

「いや、どっかの組織が隠れ蓑《みの》として名前を使ってるだけかも知れんぞ」

滝崎課長が咳払いをすると、ざわめきが静まった。

「エンウについては、構成人員の国籍や規模も、いまだまったく摑めていない。だが、今回、複数の監理団体がエンウの名を出してきた」

ホワイトボードに、滝崎が文字を記す。

EN/U

「消えたベトナム人技能実習生の部屋から、こう書かれたメモが出てきたそうだ。少なくとも、実習生に接触する際に、エンウと名乗っていた可能性が高い」

東界連合であれ、エンウであれ、やっていることは同じだ。

甘言で技能実習生に逃亡を促《うなが》して、彼らがどこにも保護を求められないのをいいことに、さらに苛酷《かこく》な労働を強《し》いたり、犯罪に加担させたり、人身売買の餌食《えじき》にしたりしているのだ。

「ちなみに厚生労働省のほうは、ここのところのマスコミの技能実習生制度批判にピリピリしてる。よけいなネタを流すんじゃねぇぞ」

ライターに情報網をもつ相澤《あいざわ》が「よけいじゃないネタを流しときます」と返したが、滝崎はそれを咎《とが》めることはなかった。

相澤がいかにうまくライターを手駒として運用しているかわかっているからであり、同時にこの案件が善悪の二元論で割り切れるものでないことも承知しているためだろう。

なんでも暴けばいいというものでもなく、なんでも隠蔽《いんぺい》すればいいというものでもない。

これは今後の日本においてかならずや、誰もが見て見ぬふりをしていられない問題となる。

だからその問題意識を育てる種を、メディアを通して蒔《ま》いておく必要があるのだ。

退庁前にデスクで書類仕事をしていた鹿倉はいつしか手を止め、破棄《はき》する紙の裏をじっと見詰めていた。

「鹿倉さん、コーヒーどうぞ」

早苗が自分のぶんのついでに鹿倉のコーヒーも淹《い》れて、デスクに置いた。

そして鹿倉が見ている紙を覗きこみ、EN/Uの文字を見つける。

「メンバーの国籍も不明ってことで組対全体でエンウの実態調査をすることになりましたけど、どうなるんですかね」

「実際に実習生を食い物にしてるなら、実体はあるってことだ。実体があるなら、時間はかかっても炙《あぶ》り出《だ》せる」

「嫌になりますよね。弱い立場の人間はあっちでもこっちでも食い物にされて」

溜め息をついた早苗が、ふとEN/Uの横に描かれているものに気づいて、よく見ようと紙に顔を伏せるようにした。

いまさっき鹿倉が見詰めていたのは、実はそっちのほうだったのだが。

「なんですか、これ?」

ボールペンで打たれた六つの点。上辺に三点、下辺に二点の潰れた台形を反時計回りに九十度倒したかたちだ。上辺三点のうちの一番下の点の横に、もうひとつ点がある。

ゼロのスマートフォンのロック画面の画像にあったものだ。

「どこかで見た覚えがあるかたちなんだが、思い出せない」

「んー……なんだろう」

真剣な顔でしばらくそれを見ていた早苗が「ああっ！」と声をあげた。

「これ、死兆星《しちょうせい》じゃないですか？」

「え？」

「この横にあるやつですよ」

おまけのように書いてある点を指差し、早苗が大袈裟《おおげさ》に作った声で言う。

「『見えるはずだ、あの死兆星が！』」

「聞いたことがあるセリフだな」

「え、なんですかその薄い反応はっ。世紀末を舞台にした金字塔格闘《かくとう》マンガの名セリフですよ！　この死兆星が見えるのは死亡フラグなんです」

早苗が憤慨《ふんがい》しつつ、ボールペンを手に取り、横倒しの台形の右上の点からさらにふたつの点を書き足し、線で繋いだ。

北斗七星《ほくと》が現れる。

「ほら、間違いないです。懐かしいなぁ。うちの親が全巻揃えてて、いまでも実家にありますよ」

マンガの内容を熱く捲《まく》したてはじめる早苗を放置して、鹿倉は紙を手に取り、完成された図形を改めて凝視した。

おそらく、これで正解だ。

あれは夜空と、そこに浮かぶ星の写真だったのだ。

――ゼロは北斗七星に思い入れがあるのか？

しかしそれなら、どうして柄《え》の部分の画像だったのだろうか。

あの男が、早苗のようなファン心理で「死兆星」に思い入れがあるとは考えにくい。

興奮した早苗が死兆星を指差しながら語る。

「このアルコルって星は見えにくいんで、昔アラビアで兵士の目の検査に使われてたそうですよ。これが見えると徴兵《ちょうへい》されるんで、死期が近くなるって解釈《かいしゃく》もあったとかなんとか」

「縁起が悪いな」

「あ、でも逆に日本ではこの星が見えなくなると死ぬとも言われてたんです。年取ると視力が弱って見えにくくなるからでしょうね」

それならば、見えているうちは死期が遠いということになる。

験担《げんかつ》ぎというのならば、まだ理解できなくもない。危険なことに携わっている人間ほど、ちょっとした自分なりのお約束というものをもっていたりするものだ。

「同じものでも、時代や状況が違えば真逆の意味になる。深いですよねぇ」

腕組みして頷いている早苗の尻を鹿倉は叩いた。

「浸《ひた》ってないで、書類整理をとっとと終わらせろ」

「いたっ。セクハラですよ」

「パワハラのほうだ」

「どっちもアウトですから」と文句を言いながら、早苗が向かいのデスクについて残りの仕事に取りかかる。

人の尻を叩いておきながら、鹿倉はスマートフォンを手にすると「アルコル」を調べた。

名前の由来とされるものはいくつかあるようだったが、その意味するところはいずれも心がひんやりとするものだった。

「微《かす》かなもの」「忘れられたもの」「拒絶されたもの」

5

鹿倉《かぐら》は二十一時に仕事を上がってからいったん自宅マンションに寄った。

ダウンジャケットに細身のパンツという服装に着替え、眼鏡と帽子とマフラーをメッセンジャーバッグに入れて斜《なな》め掛けする。ショートブーツを履《は》き、ヘルメットを手にして部屋を出た。

地下駐車場に行き、バイクに跨《また》る。バイクはおととい購入したばかりだが、わざと中古にした。目立たないこと、人の印象に残らないことを重視する必要がある。

そうして三十分ほどバイクを走らせて市川市《いちかわし》にはいる。

路駐できるエリアにバイクを駐め、黒縁《くろぶち》眼鏡をかけてニット帽を被り、マフラーを巻いて顔の下半分を隠す。これならもし東界《とうかい》連合の人間と鉢合わせても、鹿倉だとわかる者はいないだろう。

途中のコンビニで買い物をしてから、江戸川《えどがわ》のあるほうへと向かう。目当ての店が見えてくる。

Phao hoa
花火の絵が看板に描かれているベトナム料理店だ。

ゼロからこの店が「蛇の胤《ロンラン》」というベトナムマフィアの拠点になっていると教えられてから、鹿倉はすでに二回この周辺を訪れていた。これまでは電車で来ていたが、頻繁に足を運ぶのにはバイクのほうが便利で、時間を考えずに張ることができる。

二回とも「花火」には直接はいらず、周辺の飲食店にはいって窓から監視してきたのだが、見覚えのある東界連合の人間が店に出入りしていた。

そこで、今日はロンランの者たちが出入りしているという裏口を監視することにした。

ワンカップの日本酒をコンビニ袋から出し、その中身を電柱の足許に半分ぐらい流す。そうして「花火」の裏口のある通りへとはいった。

人気はまったくないが、背を丸めてよたつきながら、カップ酒を口に運んで飲んでいるふりをする。目的の裏口のドアが見える場所まで行き、民家の塀《へい》に背を預け、そのままずるずると座りこむ。上体をぐんにゃりと斜めに傾けつつ、日本酒をチビチビやっているふうを装う。

通りがかった者たちは、見るからに泥酔《でいすい》している男を露骨に避けて道の端を歩いたり、舌打ちしたりする。なかには鹿倉の脚を蹴飛ばしていく者もいた。

視界の端で、「花火」の裏口ドアが開いた。

あくまでそちらに視線は向けずに観察する。

その男は鹿倉を一瞥《いちべつ》して目の前を通り過ぎていった。男が着ているジャケットは迷彩柄で、背中に派手な刺繡《ししゅう》がほどこされている。ベトナムジャケットと呼ばれるたぐいのものだ。

——ロンランの奴か？

それから二十分もたたないうちに、同じ男がまた戻ってきた。

今度は女の子を連れている。腕を摑まれている少女は十六歳ぐらいか。黒いダウンコートの裾《すそ》から桜色のアオザイがひらひらしている。しかしその足取りは、なかば引きずられているかのように重い。

少女は深く俯《うつむ》いてほとんど目を瞑《つぶ》っていた。鹿倉の存在にまったく気づかない様子で、「花火」の裏口に引っ張りこまれていった。

その晩はほかに動きもなく、鹿倉はバイクで神谷町のマンションへと戻り、湯舟に浸かって冷えきった身体を温めながら瞼を閉じた。

桜色のアオザイの裾が、瞼の裏にちらつく。

あの少女が今夜、強いられるのであろうことはおおかた想像がつく。胸糞悪さを抑えこみ、鹿倉は冷静に頭を働かせようと努める。

少女は「花火」から片道十分以内のところから連れてこられていた。あの近隣に、売春や性的接待に使える少女たちが住まわされていると考えられる。

さっきの少女は年齢からして、外国人技能実習生として来日したとは考えられない。技能実習生には十八歳以上という年齢制限がある。

――密入国組の可能性が高いな。

家族に売られたのか、いい仕事があると騙されてみずから出稼《でかせ》ぎに来たのか、拉致されたのか。

いずれにしても、本人が望まぬ状況に陥《おちい》っていることは、あの様子からして確かだ。

「……」

また嫌な気分が寄せてきて、鹿倉は湯舟の湯を両手で掬って顔に叩きつけた。

「しっかりしろ。いよいよ、ここからだ」

組対刑事になった目的にようやく手が届こうとしている。

ロンランの人身売買には、東界連合が絡んでいるのだ。芋蔓式《いもづるしき》に引っ張る必要がある。

その結果、町田省吾《まちだしょうご》殺害事件の犯人も明らかにできるだろう。

……そのためには少女をしばらくのあいだ見殺しにすることを、受け入れなければならない。


日曜の午後、鹿倉は市川市をぶらついていた。今日もダウンコートにニット帽、黒縁眼鏡で変装している。これまでと違って昼間なので、鼻の下と顎にワンタッチのつけ髭《ひげ》も貼ってある。

ぼんやりした冴えない三十路《みそじ》風に仕上がっていた。

気まぐれに店のウィンドウを覗きこんでいるふうを装いながら、視界の隅々から情報を拾っていく。そうして、人身売買された者たちが集められていそうな場所を探っていた。

いまだ、ロンランというベトナムマフィアが東界連合と組んでいることは、同僚たちに告げていない。

この山は、決して取り逃がせないからだ。

確実に押さえられる状況になってから報告を上げて、一気に片を付けるつもりだ。

「花火」から徒歩十分圏内《けんない》を歩いてまわっていた鹿倉は、ふと足を止めて、眼鏡の下の目を細めた。傷だらけのガラス扉の奥にいる少女の姿に視線を引きつけられたのだ。

色の褪《あ》せたピンク色のセーターにジーンズという格好で、長い髪はひとつに束《たば》ねている。化粧はしておらず、横顔にはあどけなさがある。

そのベトナム雑貨屋に、鹿倉はぶらりと足を踏みこんだ。

「いらしゃいませ」

少女がたどたどしい発音の日本語で言いながら、こちらを見た。

――間違いない。あの時の子だ。

顔のパーツも輪郭《りんかく》も、横に長い感じの愛らしい顔立ちをしている。

前に見たとき十六歳ぐらいだと推測したが、せいぜい十五歳になったばかりといったところか。

『こんにちは《シンチャオ》』と声をかけると、少女が硬い表情で近づいてきた。

「なにを、おさがし、ですか？」

日本語で訊いてくる少女に、鹿倉は『ベトナムのお菓子が好きです』と、わざとたどたどしいベトナム語で返した。そして付け足す。

『ベトナムが好きです。言葉を勉強しています』

すると、母国に興味をもってくれているのが嬉しかったらしく、少女が少しだけ頬を緩めた。

そしてベトナム語の勉強のために会話をしたがっていると受け取ってくれたようだった。

『お菓子の棚はこっちよ』

今度はベトナム語で返してくれた。

『どれがオススメですか？　甘いのがいいです』

拙《つたな》い発音で尋ねると、少女はちゃんと通じていると言いたげに頷きながら、いくつもの菓子の説明を丁寧にしてくれた。

心根の優しいまじめな娘であるのが伝わってくる。

『これは、日本のきな粉みたいな味がするの』

『きな粉は好きです』

バインダウサインという緑豆餅《りょくとうもち》の菓子に決めると、少女は『私もこれが好き』とにこりとしてくれた。

レジで会計をしてもらいながら鹿倉は尋ねた。

『日本にはいつからいますか？』

『二年前からよ』

『住み心地はどうですか？』

少女のつぶらな眸に黒い翳が流れて、消えた。

『とてもいいわ。日本が好きよ』

『それならよかったです』

ほとんど目を瞑るようにして男に腕を引っ張られていく彼女の姿が脳裏をよぎり、鹿倉は胸に苦いものを覚える。

確実に「東界連合絡みの人身売買」の案件を検挙するために、自分はあの夜、この少女を見捨てたのだ。

捜査のうえで仕方のないことだったとわかってはいる。

それでも罪悪感に胸がざらつく。

菓子のはいった紙袋を受け取りながら、鹿倉は訊いた。

『名前を、教えてもらえませんか？』

少し躊躇《ためら》うような間があったが、少女は教えてくれた。

『スアン』

その瞬間、鹿倉は胸を貫かれたような衝撃を覚えた。

『あなたのお名前は？』

鹿倉は動揺したまま答える。

『ジン、です』

すぐに、しまったと思う。

辛《かろ》うじて陣也《じんや》という本名を答えなかったものの、限りなく近いものを口にしてしまった。

『また、来ます』

そう言って、鹿倉は急ぎ足で店を出た。

いまだ動揺が胸を揺るがしている。

これはいったいどういう符合なのか。

――スアン……春。

掌に爪が食いこむほど拳を硬く握る。

――春佳《はるか》姉《ね》ぇ。

＊

「すごい。春佳姉ぇの料理の腕が上がってる」

竜田揚《あ》げを頬張りながら、鹿倉はその断面を祖母に見せた。

「ほら、ちゃんとなかまで火が通ってる」

すると斜め向かいの席で従姉《いとこ》の大石《おおいし》春佳が頬を膨らませた。

「もっとちゃんと褒《ほ》めてよ、陣ちゃん」

「え、褒めてるよ」

「褒めてるうちにはいりません。陣ちゃん、そんなだから彼女と長続きしないのよ。また別れたんでしょ」

「……なんで知ってるんだよ」

「叔母《おば》さんから聞きました」

からかってくる従姉の表情が明るいことに、鹿倉は内心ホッとする。

春佳は鹿倉より三歳年上の、母方の従姉だ。

彼女の両親は二年前、交通事故に遭《あ》った。乗車していたバスにトラックが追突したのだ。その事故で四人が亡くなり、春佳の両親はその四人のうちにはいっていた。

ごく普通のサラリーマン家庭でひとり娘として育った春佳は、当時、高校三年だった。

伯父《おじ》と伯母《おば》が運びこまれた病院に、鹿倉も両親とともに駆けつけたが、すでにふたりの死亡は確認されていた。病院の廊下に置かれたソファで俯いている春佳は、いつもの表情豊かな従姉とは別人のように、白蠟《はくろう》の顔色で表情を失っていた。

涙を流すでもなく、まるで魂《たましい》が抜けてしまっているみたいに見えた。

鹿倉はかける言葉を見つけられないまま、従姉の横に座って、その手をきつく握り締めた。

春佳の命までもっていかれてしまいそうな気がしたのだ。

家が近所で、どちらもひとりっ子だったこともあり、なかば姉弟のように育ってきた……はずなのに、いくら手を握っても春佳は虚《うつ》ろに床を見詰めるばかりだった。

春佳は隣町の祖母の家で暮らすことになった。

高校はなんとか卒業したものの精神状態を崩して通院し、次の人生の目標として看護学校に入学するまでに二年を要した。

看護学校に通うようになってから、従姉はみるみるうちに表情が明るくなり、昔に戻ったかのように見えた。

……けれどおそらく、それは表面上のことだったのだ。

鹿倉に竜田揚げを作ってくれた半月後、春佳は失踪《しっそう》した。

春佳は二十歳、鹿倉は十七歳だった。

祖母は警察に捜索願を出した。鹿倉は看護学校の姉の知人たちに話を聞いて歩き、そこで初めて従姉がたちの悪い男たちとつるんでいるクラスメートと親しくしていたことを知った。

そのクラスメートは麻薬取締法違反の疑いで逮捕《たいほ》され、すでに退学していた。もしかすると、春佳も違法薬物を使用していて、あの明るさはそのためだったのかもしれない。

失踪してから十日後、祖母の家に手紙が届いた。

春佳の筆跡で、真剣に交際している人がいること、そのうち帰るから探さなくて大丈夫だということが書かれていた。

緊急性のない案件として、警察も特に動くことはなかった。

けれども鹿倉には、緊急性のない案件とはとても思えなかった。

真剣に交際していて、問題のない相手ならば、わざわざ失踪する必要はない。失踪しなければならないなにかがあるはずだ。あるいはトラブルに巻きこまれて、何者かによって、失踪だと偽装《ぎそう》させられているのかもしれない。

しかし素人の高校生が探れることなどたかが知れている。有益な情報が得られないまま二年が過ぎた。

大学生になって神奈川の実家を出て東京のアパートで独《ひと》り暮らしをしていた鹿倉は、ラブホテルで女性の刺殺体が発見されたニュースをテレビで目にすることとなる。亡くなった女性の年齢が二十代であるのを知ったときドキリとした。

――きっと今回も違う。春佳姉ぇじゃない。

これまで二十代の女性が犯罪に巻きこまれたニュースを耳にするたびに、従姉かもしれないと思った。だが、いつも違っていた。だから今回も違うはずだ。

無理やり自分をそう宥めたけれども、それから数日後、祖母が泣きながら電話をかけてきた。

二年ぶりに見た従姉の顔はやつれて頬骨が出ていて、髪はトウモロコシの毛のような色と質感になっていた。

腕には注射の跡がいくつもあり、検死で覚醒剤《かくせいざい》反応が出たという。

容疑者と思われる男は、電車に飛びこんで自殺していた。容疑者が所持していた携帯電話には春佳とやり取りしたメッセージが残っており、金額交渉をしていたことがわかった。売春をしていたのだ。

容疑者はＳＮＳで自殺願望があることを日常的に書きたてていた。死にたいけれども、自分ひとりが死ぬのは納得できないと。

おそらく春佳はその男の身勝手な願望に巻きこまれたのだ。

事件は容疑者死亡で不起訴《ふきそ》となった。

世間的にみれば、薬物依存の女が売春をして自業自得の死を迎えただけの事件なのだろう。けれども鹿倉にとっては、決してそんな事件ではなかった。

両親の死から立ちなおろうと歩きはじめた矢先に「たちの悪い」人間と知り合ってしまい、脆《もろ》い部分につけこまれたのだ。

鹿倉は再度、従姉の知人たちを訪ね、話を聞いた。大石春佳の死を知ったうえに、鹿倉の鬼気迫る様子に圧《お》されたのだろう。知人たちは懸命に記憶を探り、前よりも多くの情報を提供してくれた。

その時に名前が出てきたのが「遠野《とおの》」という男だった。麻薬取締法違反で逮捕されたクラスメートの恋人が属しているグループのリーダー格だそうで、春佳のことを気に入っていたらしい。

「六本木のクラブによくいて、そこに春佳を連れて行ってたみたいよ」

その情報を頼りに、鹿倉は教えてもらったクラブに幾度《いくど》も足を運んだ。そして、左の首筋にトカゲのタトゥーのある遠野を見つけたのだった。髪の色はアッシュグレーで、アクセントに青を入れていた。

そこで親しくなった女の子が教えてくれたことによれば、名前は遠野亮二《りょうじ》、年は二十四歳、暴走族上がりなのだという。暴力団には属していないが、不良外国人たちと親しくしていて、そのルートから各種違法薬物を入手しているらしい。

遠野は春佳を薬漬《づ》けにして、売春させていたのではないか。

少なくとも、春佳の失踪と死に、どういうかたちであれ遠野が深く関わっていたと考えて間違いなさそうだった。

けれども、遠野は野放しで、いまも好き放題にしている。

——あいつを潰す……あいつも、あいつのグループも、どれだけかかっても、かならず潰す。

そう誓《ちか》い、鹿倉はそれを可能にするために警察にはいる道を選んだ。

そして遠野亮二はのちに、東界連合を起《た》ち上《あ》げ、そのリーダーとなったのだった。

＊

鹿倉は時間が許す限り、市川へと足を運んだ。

スアンの勤める雑貨屋は十九時までの営業で、それ以降の時間になると彼女はアオザイに身を包み、客のところに連れて行かれる。雑貨屋のうえには彼女と同じ境遇の少女がほかに五人いて、寝食をともにしているようだ。

バインダウサインが気に入ったというのを口実に、鹿倉はすでに四回、彼女に接触していた。一生懸命、ベトナム語で話しかけてくる男に彼女はかなり心を許してくれて、スマートフォンでメッセージをやり取りするようになった。

彼女は言う。

『お店の仕事は好きなの。ベトナムのものに囲まれてると守られてる気がするから』

そしてはにかみながら付け加えた。

『ベトナムのものを好きになってくれる人のことも、好きよ』

十五歳の少女が三十路の男に告げる「好き」にはどんな意味があるのか。

彼女の父親は三十三歳だというから、父親に重ねているのかもしれない。

もしくは、深い意味はない純朴《じゅんぼく》な好意の言葉か。

いずれにしてもいま彼女の周りにいる男たちに比べれば、「ジン」は「とてもいい日本人」であるに違いなかった。

スアンとの会話やメッセージなどを総合すると、だいたいの像が見えてきた。

彼女は、メコン川流域《りゅういき》にある小さな村の出身だ。かつてはベトナム戦争の激戦区のひとつだったそうだが、いまは細々と農業を営《いとな》む貧しい地区で、彼女はそこに四人兄弟の長女として生まれた。しかし、父が結核《けっかく》を患《わずら》い、母の女手ひとつでは稼ぐのにも限界があり、長女であるスアンの細い肩に一家を支えるという重責が圧《の》しかかることとなった。スアンが十三歳のときのことだ。

そんな時に、日本で大金を稼げるという話が村に持ちこまれた。

両親はとても心配して反対したが、スアンは父の治療費を稼ぎ、弟や妹にきちんとした教育を受けさせてやりたかった。

そうして彼女は日本に来たのだという。

さすがに密航という言葉は彼女の口から出なかったが、そういうことに違いなかった。ブローカーに高額な借金をしたのだろう。

『日本に来るのにとてもお金がかかったけど、それを返しながらでも家族に仕送りができるの。そんなにいっぱいじゃないけど、それでもベトナムにいるよりはずっと多いのよ。お父さんもいいお薬を使えてるって』

そう語ったとき、少女の眸は誇《ほこ》らしげに輝いたが、すぐに現実に引き戻されたように曇った。

『すぐに立派なおうちを建てられるぐらい稼げるって言われたけど、それは無理みたい。……最近ね、なんだかとても苦しくなることがあるの。慣れれば大丈夫って思ったけど、そうじゃないみたい』

なかば独《ひと》り言《ごと》のように彼女はそう呟いた。

夜に強いられている仕事のことを言っているのだろう。

村を訪れたブローカーは、どうせ「技能実習生」みたいなものだと嘘をつき、本当の仕事の内容など言わなかったに違いない。

そのようにして密入国した少女は、誰にも助けを求められないし、借金で縛られている。彼女が借金を踏み倒せば、本国にいる家族が返済を強いられることになるのだ。


その日曜日も、鹿倉は雑貨屋の閉店時間ギリギリまでスアンと話をしていた。十九時が近づくにつれて少女の様子は、目に見えて沈んでいった。

今夜も彼女には苛酷《かこく》な夜が待っている。

……それでも店番という昼の仕事もさせてもらえているだけ、ほかの娘たちよりはマシなのだろうが。まだ明るい時間帯に、この店の裏口から男に腕を引っ張られていく少女の姿を鹿倉は一度ならず目撃していた。

今日は電車で来たため、鹿倉は雑貨屋を出ると重い足取りで駅へと向かった。

情報収集は順調に進んでいる。

——ロンランと東界連合が、「花火」で繋がってるのはわかった。ロンランが未成年者を密入国させていることも確定した。町田は、その未成年者たちが人身売買させられていることを記事にしようとして消されたんだろう。

あとはそれらのことを滝崎《たきざき》課長に報告して最終的な証拠固めをし、警察がどのタイミングで動くかを決めるばかりだ。

これ以上、スアンに会っても、得られる情報はない。

そうわかってはいるが。

鹿倉は立ち止まり、自分の右手を見詰める。

帰り際、店の出口のところでスアンに両手で、この手を握られた。ほっそりとした手指で縋《すが》りついてから、しかし彼女は自分からすぐに手を離した。

いい日本人の「ジン」を巻きこんではいけないと思ったのだろうことが伝わってきた。

スアンは優しい少女だ。

――……警察が動いても、スアンは本当の意味では救われない。

人身売買の件でロンランと東界連合を摘発《てきはつ》することで、スアンのブローカーへの借金を帳消しにすることはできる。強制送還になれば、身体を切り売りする仕事からも解放される。

しかし、スアンが病気の父親と家族の未来を担《にな》っているという現実は変わらないのだ。もしかするとベトナムに送り返されてからも、また密入国を企《くわだ》てたり……あるいは、心を壊して自暴自棄《じき》になってしまうかもしれない。

グッと拳を握り締める。

助けることができなかった従姉の姿が脳裏に浮かぶ。

「春佳姉ぇ……」

自分の内側に深くはいりすぎていたせいで、外界への反応が遅れた。

二の腕を摑まれて我に返ったとき、とっさに抗うことができなかった。車の後部座席に投げこまれる。ドアが閉まる。起き上がってドアを開けようとしたときにはもう、運転席に座った男がロックをかけてしまっていた。

「おい、なんのつもりだっ」

助手席のシートを摑んで、運転席の男を睨みつける。

車が急発進して、尻餅をつくようにシートへと身体を飛ばされた。

バックミラー越しに、剣呑《けんのん》とした目に睨まれる。

「それはこっちのセリフだ」

唸《うな》るような声でゼロが言う。

「ロンランの拠点を教えたのは確かに俺だが、まさか無防備に通いまくるほどバカだったとはな」

「――俺のことを尾《つ》けてたのか」

「あの雑貨屋には二度と行くな」

「それは俺が判断することだ」

「警察としての判断じゃねぇだろ」

返す言葉に詰まる。

ゼロが吐き捨てるように呟く。

「ガキの色目に誑《たぶら》かされやがって」

「汚い言い方をするな。スアンはそんな子じゃない！」

急ブレーキがかけられ、車が路肩に停められる。

運転席のシートが倒されて、身体を深く捻《ね》じったゼロに正面から見据えられた。

ざらつく重低音で命じられる。

「お前はいま、まともな判断ができてない。だから俺が判断してやる。二度とスアンとかいう女に会うな。刑事としての仕事をしろ」

「――」

まるで喉をギチギチと絞められているかのように息が苦しい。全身に鳥肌がたつ。項が焼け焦げるみたいにチリチリする。

……命令に従わなければ、殺される。

そう感じるほどの凄まじい圧がゼロから放たれていた。

――この男は……。

出会ったあの夜へと戻されていた。

――この男は、何者だ？

自分は本当は、この男のことをなにひとつわかっていないのではないか？

こめかみから首筋へと冷たい汗が流れる。

ゼロの手が伸びてきて、その汗を親指で拭い、軌道《きどう》を逆になぞる。

こめかみを指先で優しく擦られる。

名前を呼びかけてくる声は甘さを帯びている。それは性的なことをしているときのものに、酷似《こくじ》していた。

「いいな、鹿倉陣也」

身体の芯がひどく疼くのは、恐れているからなのか、煽られているからなのか。

鹿倉は視線を外して、身体ごとゼロの手から逃げた。

押し負けたことに唇を噛む。

運転席のシートが戻され、車が走りだす。神谷町《かみやちょう》の自宅マンションの前で、ドアのロックが解除された。

降りようとする鹿倉に、前方を向いたままゼロが言葉を投げる。

「俺たちの目的を、見失うな」

——俺たちの目的。

走り去っていく黒いセダン車を鹿倉は見詰める。

東界連合を潰す。

その気持ちはまったく色褪せてはいない。

むしろスアンと交流するごとに、春佳のことが思い出され、色合いを鮮烈にしていた。

だが同時に、考えてしまうのだ。

遠野亮二が憎《にく》い。遠野が率いる東界連合を完膚なきまでに潰したい。

しかしそもそも、自分がもっときちんと春佳に向き合っていれば……彼女の表層の明るさに騙されたりしなかったら、救うことができたのではないか？

スアンに対しても、同じなのではないか？

——今度こそ救いたい……。

スアンの姿に春佳の姿が重なって、ひとつに溶ける。

『お前はいま、まともな判断ができてない』

ゼロの言葉は、おそらく正しい。

しかし正しさだけでは割りきれないものが、自分のなかで渦巻《うずま》いていた。

6

着信音が鳴ったのは、明け方近くだった。

通常使いではないほうのスマートフォンへと手を伸ばす。こっちにかけてくるのはひとりしかいない。

電話に出たとたん、細い嗚咽《おえつ》が聞こえてきた。

『スアン、どうした？　泣いてるのか？』

鹿倉《かぐら》は思わず身体を跳ね起こしながら尋ねた。つい、たどたどしいベトナム語を使うのを忘れてしまった。

『どうして謝るのですか？』

『ごめ……ごめん、なさい』

嗚咽が続いてから、ようやくスアンが言う。

『こんな朝早くに、ごめんなさい』

『そんなのは気にしなくて大丈夫です』

わざと不器用な喋《しゃべ》り方《かた》をしなければならないのが歯痒《はがゆ》く、申し訳ない気持ちになる。

スアンは鹿倉の本当の素性《すじょう》も知らずに信頼して、こうして電話をかけてくれているのだ。

こんなふうに泣いているのは、夜の仕事のほうでよほど酷いことがあったからに違いない。

胸に強い痛みが生じる。

スアンが嗚咽混じりの声で言ってきた。

『ジン……私とデートして』

『デート？』

『……ジンと歩きたい。川の横をずーっと歩いて海まで行きたいの……好きな人ができたらそうしようって、子供のころから、思ってた』

おそらく子供の彼女が思い描いたのは、故郷を流れるメコン川の畔《ほとり》を好きになった相手と歩くことだったのだろう。

『一度だけ、本当に一度だけで、いいから』

警察が動いて密入国者として強制送還された先、故郷に戻っても彼女には好きな人と川辺を歩くような日は訪れないのかもしれない。

それになにより、深く傷ついているスアンの状況を知りたかった。電話では話してくれなくても、じかに顔を合わせれば打ち明けてくれるかもしれない。

雑貨屋の近くの川沿いから河口まで、せいぜい二キロほどのものだ。それならロンランの者に気づかれずに雑貨屋の二階に戻れるのではないか。

――いや、ことと次第によっては、そのままスアンを保護してもいい。

春佳のように客に殺されたり、あるいは自殺するようなことがあっては遅いのだ。

刑事として判断するのならば、この大事な時期にロンランや東界連合《とうかい》に警戒心をいだかせるようなことをすべきではないが……。

それでも、二度と同じ轍《てつ》は踏みたくなかった。

『わかりました。いつがいいですか?』

スアンが涙声で答える。

『今日――今夜、具合が悪いって仕事を休んで、抜け出すから』

二十二時に江戸川《えどがわ》の河川敷でスアンと会うことになっている。

鹿倉は二十一時に本庁を出て、自宅マンションへと急いだ。着替えをしてからバイクで市川《いちかわ》に向かえば間に合うだろう。

神谷町《かみやちょう》のマンションに着き、エレベーターを六階で降りる。そうして鍵を手に601号室へと通路を走っていた鹿倉の足は、蹴躓《けつまず》いたように止まった。

ドアに背を預けて、大きな体軀の男が座っていたのだ。

「よお」

声をかけてくる男を睨みつけると、鹿倉は気を取り直して歩を進めた。

放り出されている男の脚を蹴る。

「どけ。急いでる」

ゼロが目を眇めて、見透かしてくる。

「あの女に会いに行く気だな」

「お前には関係ない」

のそりと立ち上がったゼロに鍵を取り上げられた。それで玄関を開錠《かいじょう》しながらゼロが言う。

「関係ある」

鹿倉は腕を摑まれて開いたドアのなかに乱暴に投げこまれ、上がり框《がまち》に転倒した。

ゼロもまた室内にはいり、内側から施錠してドアチェーンまでかける。

「お前は俺が守ってやる」

その言葉に、鹿倉は顔を歪める。

「――守ってやるだと?」

確かにこの男に窮地《きゅうち》を救われたことがある。性的な関係においても押されているのは確かだ。しかし同性から守ってやるなどと言われて喜ぶほど矜持を失ってはいない。

それになによりも、自分はいますぐスアンのところへと向かわなくてはならないのだ。

鹿倉は素早く視線を巡《めぐ》らせると、飛び起きながら傘立てから黒い雨傘を引き抜いた。リビングのほうへと数歩摺《す》り足《あし》で下がり、傘を木刀代わりに構える。

ゼロもまた土足のまま、リラックスした様子で近づいてくる。

「あの女は危険だ。だから今夜は俺とここにいろ」

「断る」

ゼロが舌なめずりをした。

「なら、力ずくだ」

男を包む気配が変容したように感じられた。

鳥肌が立ち、項がピリつきだす。

——落ち着け。

剣道の試合のときの無心を引き寄せながら、どう出るかわからない男に対して、攻撃にも防御にも移れる中段の構えを取る。

「その顔つき、そそられるな」

もう一度舌なめずりしたかと思うと、ゼロが重心を下げて突っこんできた。その後頭部へと傘を下ろす。それをまるで獣の反射神経でゼロが避けた。それでも肩のうしろに強烈な一撃を決められた。

鹿倉は間合いを取りなおして、傘先を右後方に引いた。この脇構えは試合ではほとんど使われることがない。しかし無軌道《むきどう》な相手に対してならば、威力のある攻撃を繰り出せる。

しゃがみこんで床に片手をついたまま、ゼロが上目遣いでこちらを見据える。

獲物を前にしている肉食獣そのものだ。

次はどんな動きで来るのか。

視界に壁かけ時計がはいっていた。二十一時二十五分だ。

その時刻が焦りを生じさせた。

わずかに間合いを詰めると、ゼロがしゃがんだままうしろに下がった。その時、先ほど打たれた左肩を庇《かば》うような動きをした。

確実にダメージを与えられている。自信に背中を押されて、鹿倉は脇構えから遠心力をかけて傘を振った。軌道上にはゼロの頭部がある。

――いける！

そう確信した次の瞬間、傘がバキッと折れる音が響いた。

ローテーブルが横倒しになっていて、その天板に傘を阻《はば》まれたのだ。両腕が衝撃に痺れる。横倒しのテーブルを踏み台にして、ゼロの身体が跳躍《ちょうやく》する。

折れた傘で防御しようとするが、腕を摑まれてうしろに捻じられた。肘に痛みが走る。背後から体重をかけられて身体が俯せに倒れた。

「は…ぁ…はぁ」

もう片方の手もうしろに回された。抵抗しようとするとまた腕を後方に捻じり上げられた。骨を折ることも厭《いと》わない力だ。

両手の親指をひとまとめにして、細いもので留められる。おそらく結束バンドだろう。

背後の男を撥《は》ね退《の》けようともがくが、腿のうしろに座られていて思うように動けない。コートの裾を背中へと跳ね上げられる。ゼロの手が腹部に這いこんできて、スラックスのベルトを引き抜く。そのベルトを首に巻かれ、バックルに通された。

言外にいつでも殺せると脅されていた。

スラックスの前を開けられて、下着のなかに厚みのある手を突っこまれる。陰茎を双嚢《そうのう》ごと鷲掴みにされる。

「握り潰されたくねぇだろ」

本当に潰そうとするかのように力を加えられる。

「い…」

恐怖に身体が竦む。

ふいにゼロの手指の力が緩み、優しく茎を撫でた。

「剣道の腕は確かにある。刑事としてもなかなか優秀だ。だが、所詮《しょせん》はお約束のなかでの評価でしかない」

また性器を掴まれてギチ…と圧迫される。それが数秒続いてから、亀頭をやわやわと揉まれる。

「お約束の外側は、俺の世界だ。俺の言うとおりにしていろ」

低められた声にはしかし、慮《おもんぱか》っているような甘みがある。

眩暈《めまい》を覚えながら、鹿倉は首を横に振る。

するとまたペニスを握り潰されそうになる。

「ぁ…う」

「勃ってきたな」

そんなはずはないと思うのに、下腹部に特有の熱っぽさが溜まっていた。

――違う。俺は……行かないと。

グッと握られたまま亀頭を擦られて、身体が露骨に跳ねた。

「今夜、俺といて正解だったと思わせてやる」

ゼロはそう言い放つと、鹿倉のスラックスと下着をまとめて摑み、引きずり下ろした。

逃げようとする鹿倉の臀部を鷲摑みにして、膝をつかせる。

割り拡げられた狭間にぬるりとしたものが這う感触に、鹿倉は目を見開いた。

「や、めろ…、それ、はっ」

後孔の襞を音をたてて舐められていく。

うしろ手に拘束されている手で男の額をぐいぐいと押して遠ざけようとする。けれどもよけいに荒々しく舐め叩かれ、しかも脚のあいだから通した手でペニスをきつく握られた。

「う…」

「欲しがってここがヒクついてるぞ」

舌先で窄《すぼ》まりをつつかれると、そこが忙しなく蠢いてしまう。

そこでの快楽は、指でさんざん教えこまれていた。肉体が条件反射で熱くなり、内壁が期待にわななく。

それを止めようとして孔に力を籠めると、そこに硬くした舌を押しつけられた。

「ぁ…ぁ」

狭めた孔にぬうっと舌が侵入してくるなまなましさに、鹿倉は身震いする。

「や――っ、は…っ」

心理的にも肉体的にも耐えられなくて、鹿倉はふたたびもがいた。すると握られているペニスを根本から折るように後方へと引っ張られた。本当に折れてしまいそうで、臀部を高々と上げ、こめかみと靴の爪先だけ床につける姿勢になる。

差し出された孔を、ゼロの舌がぬくぬくと犯しだす。

「っ、う…うぅ」

唾液が会陰部《えいんぶ》を伝っていく。

自分の性器の先から透明な蜜《みつ》が垂れるのがわかった。

孔に力を籠められなくなったころ、舌を抜かれて二本の親指を捩じこまれた。左右に開くようにして内壁を拡張される。

その指が抜かれて、腰がガクンと落ちる。

鹿倉は視線を壁かけ時計へと彷徨《さまよ》わせた。二十一時四十七分になっていた。

いまからでも行けばスアンに会えるかもしれない。

「頼む――行かせて、くれ」

背後の男を振り返りながら懇願《こんがん》した鹿倉は、眸を凍りつかせた。

ゼロは革のジャケットは身に着けたまま、革のパンツと下着をすでに下ろしていた。反り返った性器は先走りで濡れそぼり、筋を浮き立たせている。

――……まさか。

鹿倉は身体をくねらせて、なんとか立ち上がって逃げようとした。

けれども腰を掴まれて引き戻される。首を捻じってうしろを見る。男の反り返ったものが自分の臀部の狭間へと寄せられていく。後孔にぬるつく熱いものを押しつけられる。

「……め、ろ」

声が掠《かす》れる。

指とも舌ともまったく違う、押し潰されるような感覚が襲ってきた。

「ぁ――あ――」

ぶ厚い亀頭のかたちに襞を拡げられていく。

痛いというより、重苦しさに、鹿倉は臀部を震わせる。

その重苦しさがジワジワと内壁を侵蝕《しんしょく》する。

同性に犯されているという事実を、視覚と粘膜に焼きつけられていく。

「っ、きつ」

亀頭をなんとか捻じこんだゼロが眉根をきつく寄せる。そして「処女は手がかかるな」と呟くと、鹿倉の背中へと覆い被さってきた。

スーツの前を開けられて、ワイシャツとその下のタンクトップのなかへと、するりと両手を入れられた。みぞおちをねっとりと撫で上げられて、胸をまさぐられる。

尖《とが》りかけている乳首《ちくび》を探り当てられた。

「ん」

そこを指の腹でやわやわとくじられる。じんわりとした熱が、こそばゆさから、違うものへと変質していく。摘まれて、粒状に凝《こご》っているのを教えられる。ゼロが親指と中指を擦りあわせる動きをすると、甘い痺れが神経網のあちこちに飛び火した。

「ふ…は」

息が乱れて、男を食べさせられている場所がドクンとする。

拒《こば》みたいのに、身体に力がはいらない。内壁をさらに深くまで拓《ひら》かれていく。

「もう半分はいったぞ」

すでに限界まで苦しい。

鹿倉は朦朧となりながら壁かけ時計を見る。二十一時五十九分だ。

「またあの女のことを考えてるな」

耳朶《じだ》をきつく噛まれながらさらに繋がりを深められて、鹿倉は目をきつく閉じる。

「すぐに考えられなくしてやる」

その宣言の直後、身体を下から激しく押し上げられた。

「ひ…ぁ…ああ」

前にずって逃げようとすると、胸から手を抜かれて、肩をがっしりと押さえつけられた。

「いいぞ――もう少しだ」

両手の親指だけを拘束されている手で男の腹部を押して、これ以上はいられまいとしたが。

「う、ぅ……――」

臀部に男の腰をきつく押し当てられるのを感じる。

根本まで繋げたまま、ゼロが腰を揺らめかせる。内壁を歪められていく。

あり得ないほどの違和感と鈍痛《どんつう》に満たされる。

「陣也《じんや》」

名前を呼ばれて、鹿倉は薄く目を開いた。ゼロが下の名前で呼びかけてくるのは初めてだった。

ただの暴力ではなく、この行為でふたりの関係性が変容したとでも言うつもりなのか。

――こんなことで、変わるわけがない。

利害関係が一致していて、互いを利用するだけの関係だ。

横目で冷ややかな視線を投げると、ゼロが煽られたように喉を震わせた。

そして腰を振りたてはじめる。

まだ拓ききっていない粘膜をドスドスと叩くように突き上げられていく。その衝撃に鹿倉は歯を食いしばって耐える。

「たまらねぇ…」

男の吐露《とろ》に屈辱感を覚えるのと同時に、なにか妖《あや》しいものが心と身体にぼんやりと宿る。

——そんなはずは、ない。

否定してそれを押しこめようとしていると、急にねっとりと体内を掻きまわされた。繰り返し繰り返し掻きまわされる。

粘膜が波打った。

「なんだ。もうちゃんと応えられるのか」

耳元で囁かれる。

「俺のを揉んでくれてる」

「——く」

「陣也」

また名前を呼びかけてから、ゼロが鹿倉の腰をかかえこんだ。犯しやすい角度に尻を上げさせられる。身体を打ちつける音が立てつづけにあがる。

猛然と擦られている粘膜が焼け爛《ただ》れていくようで、鹿倉はガタガタと身を震わせた。

男の動きを抑えようと、男の腹に爪を立てる。

「ぁぁ…、っ、ぁ…」

突かれるたびに声が漏れてしまう。

ふいに男の動きが止まった。根本まで埋められたペニスが弾《はず》むような動きをする。

「――……」

体内にどろりとした熱いものを勢いよく叩きつけられた。

「すげぇ出る…っ、ぐ…ぁあ」

幾度《いくど》も腰を揺すり上げるようにして、ゼロは唸り声を漏らしながら放っていき――その動きがまた、犯すものへとなっていく。

粘膜をふたたび硬く膨らんだもので擦られて、鹿倉は男の下でもがいた。

「もう、終わった」

「終わってねぇだろ」

下腹部をまさぐられて、ぐっしょり濡れた半勃ちのペニスを掌で揉われる。

「これをイかせてやらねぇとな」

「ん…っ…っ」

性器も内壁もドクドクしている。

――俺……は。

やらなければならないことがある。

すぐにここを出て、行かなければならない。

――いますぐに……。

その焦燥感はしかし、肉体ごとゼロに思うさま蹂躙《じゅうりん》されつくし、霧散《むさん》していった——。

ベッドで目を覚ましたとき、身体全体がギシついていた。男の姿はすでにない。

カーテンの隙間から薄い光が漏れている。ベッドヘッドに置かれた時計を確かめると、六時だった。

ゼロにリビングから寝室に引きずりこまれたのは確か十二時過ぎだった。

犯されながら最後に見たとき、時計は二時半を示していた。ずっと身体を繋げていたわけではなかったが、ゼロはいっときも鹿倉を離さず、嬲《なぶ》りつづけた。

快楽と苦痛の判別もつかなくなった状態のなか、意識が混濁《こんだく》していった。

「…くそ」

全裸のままベッドを降りる。いまだ脚の奥に太いものを突っこまれているような違和感と鈍痛に眉を歪めながら、床を踏み締めてリビングへと向かう。

コートや靴、昨夜身に着けていたものの一切合切が、床に散らばっていた。

そのコートのポケットからスマートフォンを出す。

スアンからの連絡は来ていなかった。

嫌な予感に胸がざわつく。自分が待ち合わせ場所に行かなかったせいで、勝手に抜け出したことが発覚してはいないだろうか。彼女は無事でいるだろうか。

軋《きし》む身体に鞭打《むちう》って鹿倉はシャワーで汚れを流すと、私服姿でバイクに飛び乗った。登庁前に市川まで行ってじかに様子を確かめずにはいられなかった。

橋を渡って江戸川沿いの道にバイクを走らせていた鹿倉は、河川敷に視線を落とし、目をしばたたいた。制服私服の警察官がうろついている。規制線の外側には野次馬の姿も見えた。

そのあたりはちょうど、昨夜スアンと待ち合わせをしていた付近だった。

——まさか、スアンになにか…っ。

心臓が引き攣《つ》れる。

鹿倉はバイクを停めると規制線の近くまで駆け寄り、近くにいた大学生ぐらいの若者の腕をグッと摑んで詰問した。

「なにがあった?」

若者がギョッとした顔をしながら答える。

「え、あ、人が撃たれたんだってよ。銃《じゅう》で」

「被害者は女の子か?」

「いや、サラリーマンだってさ」

スアンでなかったことに、全身の力が一気に抜けた。

そして入れ替わりに、新たな可能性が浮かんできた。

「いつ撃たれたんだ?」

「昨日の十時ぐらいに銃声聞いたってツイートしてる奴らがいたから、それじゃね」

若者はそう答えると、これ以上絡まれたらたまらないといわんばかりに鹿倉の手を振りほどいて足早に立ち去った。

「二十二時……」

詳細《しょうさい》を知りたいところだったが、警察手帳を携帯していないうえ、ロンランの人間が近くで監視していないとも限らない。鹿倉は警察官には話しかけずに、マフラーで顔の下半分を隠しなおすと、バイクに跨って現場を離れた。

昨夜の二十二時。それはスアンと待ち合わせていた時間だった。

マンションに戻ってスーツに着替えて登庁すると、事件の情報はすでに上がってきていた。酔い醒ましに河川敷を歩いていたサラリーマンが遠距離からライフルで撃たれたのだという。被害者は重体で、ライフルを扱い慣れたプロの犯行だ。

ロンランの構成員が、鹿倉が来ると知っていて狙ったとみて間違いないだろう。

『ごめ……ごめん、なさい』

電話越しの、嗚咽交じりの少女の声が耳の奥に甦った。

……おそらく、あの電話の時点でスアンは鹿倉を陥れるつもりでいたのだろう。

雑貨屋に通ってスアンと接触している男の身元を、ロンランが洗い出し、始末することにしたといったところか。

スアンはすべてを承知で、自分をおびき寄せようとした——そうであっても、彼女を恨《うら》む気持ちは起きなかった。

——そうせざるを得なかったんだ。

そういう状況に彼女を追いこんだのは、自分だ。

こうなれば一刻も早くスアンを公的に保護する必要がある。

そもそも妙な私情を動かさずに、確証がもてた時点でうえに報告していれば、スアンに無駄な苦しみを与えずにすんだのだ。

『お前はいま、まともな判断ができてない。だから俺が判断してやる。二度とスアンとかいう女に会うな。刑事としての仕事をしろ』

ゼロの言ったとおりだった。

そしてもうひとつ、ゼロの言葉が思い出されていた。

『お前は俺が守ってやる』

昨夜、力ずくで止めてもらわなかったら、自分はあの河川敷に行き、撃たれていた。

ゼロに命を守られたのだ。

——でも、どうしてあいつはなにもかも見透かしたように把握《はあく》してる?

いくら情報収集に長《た》けたフリーライターだとしても、昨夜のことまで見抜いているのは奇妙だった。

しかしいっときその疑問を封じ、鹿倉は滝崎《たきざき》に東界連合とロンランが組んで未成年者を密入国させて人身売買を強要していること、そして殺害された町田省吾《まちだしょうご》がそのネタを追っていたことを報告したのだった。

7

「東界《とうかい》連合とロンランの人身売買についてだが、うえからストップがかかった」

滝崎《たきざき》に会議室に呼び出されて告げられた予想外の言葉に、鹿倉《かぐら》は思わず長テーブルの天板を掌で叩いた。

「どういうことですか⁉　あとはもう動いて証拠を押さえるだけです。それに、町田省吾《まちだしょうご》殺害の犯人を野放しにすることになります」

苦虫を嚙み潰したような顔で滝崎が重い溜め息をつく。

「政財界のお偉《えら》いさんやその子弟が複数、あそこから未成年者を買ってる。それで圧力がかかってる」

「――」

憤《いきどお》りに胸がわななくのを鹿倉は覚える。

「だが、俺たちがしないとならん仕事だからな。配慮《はいりょ》に手間と時間はかかるが、いつまでも放置しておくつもりはない」

「いま現在、被害に遭《あ》ってる人間がいるんですよ。そんな悠長なことを…」

滝崎が抑えこむように鹿倉の肩を摑んだ。

「時機をみる必要がある。いまはこらえろ」

そんな余裕などない。スアンを一刻も早く救出しなければならない。鹿倉を仕留めそこなったことで、彼女の立場はさらに悪くなっているに違いないのだ。

「麻薬取締部《マトリ》との新たな共同案件が来てる。しばらくはそっちに専念しろ」

滝崎もまた苦渋の決断をしていることは、その表情や声音から伝わってきていた。

しかし、このままではまた繰り返してしまう。

従姉の死に顔が脳裏に浮かび上がり、それにスアンの顔が重なる。

会議室から戻った鹿倉に、早苗《さなえ》が駆け寄ってきた。

「なんの話だったんですか？　顔色酷いですよ」

「人身売買の件からはいったん手を退けと言われた」

「えっ」

「……くそっ！」

拳で壁をダンッと殴る。手の痛みをまったく感じないほど、気持ちが猛《たけ》っていた。

——俺はなんのために刑事になったんだ？

これでは従姉の死の真相を追っていた大学生のころと、なんら変わらない。

社会の不条理さと自分の無力さへの憤りに、はらわたが煮えくり返る。

——俺はなにもできない……。

失意に溺れかけて、頭を力いっぱい振る。

「違う。そんなわけがない」

なにもできないと考えるのは保身ありきだからだ。

——どんな手段を使ってでも……悪魔に魂を売ってでも、今度こそ。


その晩、鹿倉は一睡《いっすい》もせずに東界連合とロンランについて知り得たすべての情報を文書データにして、メモリカードに移した。

そして明け方、いまから中目黒《なかめぐろ》のマンションに行くと、ゼロにメッセージを送った。急なことだから会えないことを見越して、ゼロへの依頼もデータ化してメモリに入れておいた。

中目黒のマンションに、やはりゼロの姿はなかった。

この部屋で過ごした時間を、朝陽のなかで鹿倉は振り返る。

緊張感があって、ほろ苦くて——甘さを孕んだ時間だったと認める。

そろそろ出ないと登庁時間に遅れる。ソファから立ち上がってコートを羽織り、玄関へと向かう。ドアノブを摑んで回そうとしたとき、違和感を覚えた。勝手にノブが回って、力を入れていないのに向こう側へと開く。

朝陽のなかなのに、目の前に闇の塊が生まれていた。

「ゼロ…」

鹿倉の顔を見たとたん、ゼロはぐっと目を眇めた。

そして室内にはいってきながら鹿倉の二の腕を摑み、ドアを閉めてドアチェーンをかけた。

顎を摑まれる。

「ただごとじゃねぇツラだな」

男から漂う香りに、三日前の行為がありありと甦ってきた。鈍痛とともに、なまめかしい疼きが腰にまとわりつく。

「お前に頼みたいことがある。内容はテーブルのうえに置いてあるメモリカードにはいってる」

「本気で頼みたいなら、口で言え」

確かにそれが筋というものだ。鹿倉は眸に昏《くら》い光を宿した。

「俺は今夜、あの雑貨屋のうえの階にいる少女たちを連れ出して保護する。成功しても失敗しても、警察はその事実を捻じり潰す。だから成功したら俺はこの手で、東界連合とロンランの犯罪、そして警視庁が事件を揉み消そうとした事実をネットに拡散する。……だが、失敗したときには、お前の手でそれを世に明らかにしてほしい」

「……」

「雑誌社のほうにも政財界からの圧力がかかるはずだ。だから、あくまで直接、世間に訴《うった》えるためにネットで」

ゼロがゆっくりと深く息をついて、額に額を載せてきた。

「見た目と違って、危なっかしい奴だ」

すぐ間近にある目が細められる。

「お前は熱いな。気持ちも、身体のなかも」

この男は性器で、自分の体内の熱を感じた。自分たちはそういう関係だ。

セックスにどれほどの意味があるのかと思う。

けれども、この男とのあいだにある繋がりが、あの行為で証明されたような気もするのだ。

そんな少女の蒙昧《もうまい》めいたことは、口が裂けても言えないけれども。

ゼロは本当はフリーライターではないのかもしれない。

本名すらわからない。

朝の光のなかでも闇の靄を帯びている、どこの誰かもわからない男だ。

——それでも俺は、こいつを信じてる。

もしかすると想いの欠片《かけら》がまなざしや表情に滲み出たのかもしれない。

ゼロが視線を揺らした。そして囁きかけてくる。

「お前の望みは俺が叶《かな》える」

顎を摑んでいる男の手指に力が籠もった。わずかに仰向かされながら、鹿倉は自然と目を伏せた。

唇に温かい重みが落ちてくる。

ジン…と項から後頭部へと甘い痺れが拡がる。

何度も強く唇を押しつけられ、擦りつけられる。

鹿倉もまた自分から唇を擦りつけた。唇がやたらに熱くて、首筋がドクドクしている。

さんざん淫靡《いんび》な行為を重ねてきたのに、初めて交わす口づけはどこか互いに照れくさがるような、青臭いものだった。

顔を背けあうようにして唇を離してから、なんとか表情を取り繕《つくろ》い、鹿倉は男の厚い胸倉を拳で叩いた。

「頼んだからな」

ゼロもまたわざとらしく左の口角を歪めて、「おう」と短く答える。

この男と顔を合わせるのは、これが最後になるのかもしれない。

胸が詰まるような感覚を覚えながら鹿倉はドアチェーンを外した。

「なにか手伝えること、ありませんか？」

麻薬取締部との共同捜査会議を終えて組対《そたい》二課へと戻る通路で、横を歩く早苗が小声でそう訊いてきた。

普段どおりに振る舞っているつもりだが、行動をともにしてきた早苗には伝わってしまうものがあるのだろう。

「人身売買が圧力で揉み消されるなんて、僕だって納得できませんよ。だからもし鹿倉さんが動くつもりなら、手伝いたいんです」

これまで東界連合絡みで早苗にはずいぶんと協力してもらい、巻きこんでしまったこともあった。

鹿倉は揶揄《やゆ》する視線を早苗に向ける。

「カワウソに手伝ってもらうことはない」

「職場で変なあだ名で呼ぶのも、いまはハラスメントなんですよ。二歳しか違わないのに、鹿倉さんはどうしてそう昔の感覚なんですかっ」

「わかったからキューキュー言うな」

そう言いながら早苗の肩を叩き、そのまま手を載せる。

「お前は語学に優れてる。その力を買われてうちに来た。加害者の取り調べはもちろん、被害者の訴えをしっかり掬って伝えるのがお前の仕事だ。危険なことはほかの奴らに任せて、その本分に注力してくれ」

眼鏡の奥からつぶらな眸で鹿倉をじっと見詰めながら、早苗が不安そうな声で訊いてくる。

「急にどうしたんですか？」

「いや、別に」

もう一度、今度は斟酌のない力で肩を叩くと、「パワハラです！」と早苗が大袈裟《おおげさ》に飛び上がってみせた。

スアンの話によれば、雑貨屋のうえに軟禁《なんきん》されている少女は彼女も含めて六人だ。仕事中に七人が乗れるSUVのレンタル予約をしておいた。少女たちを保護したら、そのまま本庁まで連れていく。……地元の警察署は下手《へた》をすると東界連合やロンランと癒着《ゆちゃく》しているかもしれないから避けるべきだ。

そしてネットに、人身売買の実態と、政財界がどのような圧力を警視庁にかけているかをバラ撒《ま》く。

鹿倉は確実に警察官としての命を絶たれることになる。いや、生命そのものを断たれる可能性も高い。政財界も国内外の反社会的勢力も敵に回すことになるのだ。

けれども保身を考えていては、少女ひとり守れない。

従姉は遠野亮二《とおのりょうじ》という男によって破滅させられた。

これまではずっと遠野という個人を潰したいがために、東界連合を壊滅させることを願っていた。けれども従姉のように犠牲《ぎせい》になっている者は数えきれないほどいるのだという事実が、スアンと接することで身に沁《し》みたのだ。

暴力団が暴対法で弱体化していったように、半グレ集団にもそういう法的な動きを取れるようにならなければならない。

自分がこれからすることは、そのための種を蒔《ま》くことなのだ。

——俺になにかあっても、ゼロが引き継いでくれる。

そう信じられるからこそできた決断でもあった。

ゼロに渡したデータのなかには、従姉の顚末《てんまつ》も入れた。彼にはすべてを知っておいてもらいたい。

最後になるかもしれない帰り支度《じたく》をしながら、鹿倉はふと笑んだ。

「俺はけっこう甘ったれだな」

その笑みがまだ顔に残っているとき、相澤《あいざわ》が二課のブースに駆けこんできた。

「市川《いちかわ》、と」

息を切らせながら大声で告げる。

「市川と新宿《しんじゅく》のロンランのアジト六ヶ所を、エンウが襲撃した！」

頭から血の気がザアッと引くのを鹿倉は覚える。気が付いたときには、相澤の胸倉を摑んでいた。

「エンウがって、どういうことだっ⁉ 雑貨屋のうえの子たちは」

相澤が唸るような声で答える。

「たぶん連れ去られた。地元警察が駆けつけたときには、現場には負傷したロンランの男たちしかいなかったそうだ」

「……くそっ」

また、助けられなかった。

激情に身を震わせている鹿倉の背を、滝崎課長が拳で殴った。

「ガタつくな」

ドスの効いた声で言われる。

振り向くと、課長が眇めた目を刃物のように鋭くしていた。

——俺だけじゃない……。

鹿倉は同僚たちを見回す。どの顔にも口惜《くや》しさと憤りが、隠しようもなく浮かんでいた。

東界連合に因縁《いんねん》をもつ自分だけが当事者であるかのように感じて苛立っていたが、それは勝手な思いこみであり、同僚たちを見縊《みくび》っていたのだ。

「ロンラン絡みで、ことが動いた。こうなれば堂々と俺たちの出番だ。そうだろう」

課長に睨み据えられて、鹿倉は強く頷いた。

組対二課によってロンランの拠点六ヶ所が家宅捜索された。皮肉にもエンウが襲撃によって拠点すべてを教えてくれるかたちとなったわけだ。

ロンランの構成員の取り調べにより、町田省吾を殺害した実行犯も特定された。

しかし、ロンランの下で売春をさせられていた者たち——聴取によれば六十人ほどいたらしい——はひとり残らずエンウによって連れ去られたようで、被害者たちから話を聞くことはできなかった。

東界連合によって連れ出された技能実習生もロンランの管理下で売春を強要されていたらしいだけに、そこを炙り出せなかったのは痛かった。

口惜しさを覚えつつも、しかし鹿倉の気持ちはいくらか救われていた。

ロンランの拠点が襲撃された一週間後に、鹿倉のスマートフォンにメールが届いたのだ。

『ワタシブジゴメンナサイスアン』

公衆電話から数字を使って打ちこむ方式のものだった。

エンウもまた技能実習生連れ去りに関わっているとされており、スアンの状況が改善されているとも思えない。それでも、生きていて無事だと伝えてくれたことに、鹿倉はひとまず胸を撫で下ろした。

……ゼロとは、キスをした朝を最後に会っていない。

メッセージを送れば既読がつくが、返事はない。

鹿倉はもっているだけの情報をメモリカードに入れてゼロに渡した。

それでもうゼロにとっては用済みになったのか——そう考えるたび、腹部に大きな穴があいたような感覚に襲われる。

自分とあの男の三ヶ月ほどの関係は、いったいなんだったのだろう。

ゼロにとっては警察側の情報を得るツールに過ぎなかったのかもしれないが、自分にとっては信頼できると思える存在だった。

——いや……いまでも。

捨て身でスアンたちを連れ出すと伝えたその日のうちに、ロンランがエンウによって襲撃され、少女たちは姿を消した。

それが偶然だとは、とても思えない。

よりによってあの日にエンウが動いたのは、ゼロがエンウになんらかの働きかけをしたからではないのか？

以前、鹿倉のほうからゼロに欲しい情報はないかと訊いたとき、彼はエンウの名を出した。

あれはエンウの情報を訊きだしたかったのではなく、警視庁がどれだけエンウについて把握《はあく》しているかを知りたかったからではなかったのか……。

ゼロは自分になにをくれたのか。

彼のお蔭で、なにを失わずにすんだのか。

それを考えるとき、自分のゼロに対する想いは間違っていなかったように感じられるのだった。

8

目黒川《めぐろがわ》沿いを歩いていく。

頭上では桜の蕾《つぼみ》が膨らみはじめていた。

春の訪れだ。春の名をもつふたりの女性のことを思いながら、鹿倉《かぐら》は川に向かうかたちで柵に片肘をつき、黒い川面《かわも》を見下ろす。そうしてステンカラーコートのポケットへと手を入れる。

そこにはいっている鍵のかたちを指先でなぞる。

ゼロと連絡を取れないまま春を迎えたのに、こうして週に一度はここに来てしまう。そしてこの合鍵であの部屋にはいり、男を待ってしまう。

無駄なこととわかっていても足を運ばずにいられないのだ。

今日も無駄足になると承知で、この地に来た。

自嘲の溜め息を漏らそうとしたとき、コートのもう片方のポケットが震えた。ここまで来たのに仕事で呼び出されることになるのか。

スマートフォンを取り出してディスプレイを確認する。

「…っ」

鹿倉は短く息を吸うと衝《つ》かれたように走りだした。

マンションに着き、エレベーターの箱がすぐに来ないことに焦れて、非常階段を駆け上る。

そしてあの部屋の玄関のドアノブを摑んだ。鍵はかかっていない。部屋に飛びこむ。なかは真っ暗だった。

手探りで明かりを点けると、三和土《たたき》に黒いアンクルブーツがあった。

「――」

もどかしく靴を脱いで、廊下を走って暗いリビングに飛びこむ。

開きっ放しの窓から春の夜風がビュッと吹きこんできた。目を凝らすとソファに人影がある。

明かりを点けようと壁を探ると、馴染んだ声に告げられた。

「点けないでこっちに来い」

どういう意図かわからないが、いまにもゼロが闇に溶け出して消えてしまいそうな焦燥感に駆られながら鹿倉は言葉に従う。

ソファの近くまで行くと、向かい合うかたちでローテーブルに座らされた。

「息が上がってるぞ」

暗がりに目が馴染んでいる男には、取り乱している鹿倉の様子が見えているに違いない。

鹿倉の目も次第に暗さに順応していく。ほのかな月明かりが男の顔を薄っすらと闇のなかに浮き上がらせる。

そして男の様子が見知っているものと違うことに気づく。

額を出すかたちで前髪をうしろに流し、ノータイながらスーツを着ている。

そのせいでゼロがここにいるという確信がもちきれず、鹿倉は男の腿に片手を置いた。しっかりした質感と体温が伝わってくる。ほろ苦い香りが漂う。

「ゼロ、だな?」

「ああ」

「俺はお前に」

口が自然と動いてしまって、慌てて言葉を切る。

会いたかった、などと言うのは情動が勝ちすぎている。咳払《せきばら》いして声を鋭くする。

「お前にいろいろと確かめたいことがある」

「なんだ？」

そう問われて、溜めてきたいくつもの疑問が頭のなかに逆巻いた。優先順位がつけられないまま、それを口にする。

「あの日、エンウに働きかけたのはお前なのか？　スアンから連絡があったが、あの子はどうしてる？　どうしてお前は、あれから連絡を返さなかった？」

そして、もっとも訊きたかったことが残っていることに気づく。

「……お前は、本当は何者だ？」

ゼロがふいに立ち上がった。

まさか質問に答えずにこのまま立ち去る気かと焦ったが。

目の前に立った男がスラックスの前を開けたことに、鹿倉は鼻白む。

「おい、なんのつもりだ」

「教えてやるから咥えろ」

確かに自分たちはそういう行為で繋がっていたけれども、再会するや否《いな》や、こんな交換条件を出してくる男に鹿倉は呆れ果てる。

だから反応せずにいると、前髪をぐいと摑まれた。そうして避けられないようにさせられたうえで、握ったペニスを突きつけられた。亀頭で唇を擦られる。

「う…」

ゼロにフェラチオをされたことは何度もあるが、ゼロのものにしたことはなかった。倉庫に拉致されて目隠しをされたうえで東界連合《とうかい》の男に強要された一度だけが、男に口で奉仕した経験だった。その時のことを思い出しそうになる。

「俺のことを知りたくないなら、しなくてもいいんだぞ」

「――」

鹿倉は男を上目遣いに睨む。

スーツ姿のせいなのか、いつもより傲岸《ごうがん》な圧がある。

唇をぐぐっと押された。見れば、握り支えられた陰茎はすでに膨張しかかっていた。

示される男の興奮に、煽られた。

鹿倉はわずかに唇の狭間を緩め、亀頭の先を挟むようにした。するといい気になった男が一気にペニスを押しこんできた。

「んんッ」

とっさに男の腰を両手で押さえて留めようとするが、後頭部を強い力で摑まれた。

「ん、…ん…」

口のなかで性器がむくむくと膨らみきる。喉奥を亀頭で捏ねられてえずきそうになる。

腰を殴りつけると、少しゼロが腰を退く。そして舌に先走りをぬるぬるとなすりつけてきた。

男の味を染みこまされる。

鹿倉はふと眉をひそめた。

——……いや、先走りの味なんて誰のも似たようなものなのか？

いだいた疑問に躊躇っているうちに、ペニスが口のなかをずるずると行き来しだす。亀頭の高い返しが唇に引っかかっては、奥へと突き入れられる。

ほのかに苦いようなゼロの香りが増していく。

「……」

あの倉庫のなかに引き戻されているかのようだった。

初めて口で知った、味と感触、男性器のかたちと大きさ。腰遣いの癖。男から漂う香り。

後頭部を押さえこんでいた男の手が力を緩めて、ふざけた手つきで鹿倉の頭をポンポンと叩く。それが最後の確信となる。

——気のせいじゃ、ない。

あれは……ゼロだったのだ。

しかしいったい、どういうことなのか。

まさかゼロが東界連合の人間だとでもいうのか？

しかしそれならなぜ、ゼロはエンウと繋がっているのか？

惑乱《わくらん》状態に陥っている鹿倉の口をゼロは思うさま犯し、ついに腰を激しくしならせた。口のなかに重たい粘液が大量に満ちる。

口に栓《せん》をされている状態では吐き出すこともできず、鹿倉は苦しく喉を上下させて飲みこんでいく。

「やっぱり陣也《じんや》の口は最高にいいな」

ずるずると口腔からペニスを抜いて、ゼロが満足げに呟く。

飲みこみきれなかった白濁を口から零しながら鹿倉はテーブルから腰を浮かせると、全体重をかけてゼロをソファへと突き飛ばした。

そして背凭れに両手をついて、逃げられないようにゼロを囲いこむ。

「答えろ。お前は本当は、どこの誰なんだ？　名前は？　東界連合の人間なのか？」

ゼロが性器をしまいながら喉で笑う。

「せっかちだな」

「とっとと答えろ」

ソファにゆったりと背を預けた男が、闇と同化する眸で鹿倉を見上げる。

「俺は東界連合の人間じゃない。あれは敵だ」

「でもあいつは、お前だった。声は違ってたが、間違いない」

ゼロの指が、体液に濡れそぼった鹿倉の唇を親指で拭《ぬぐ》う。

「そうだ。あの時、この口を犯したのは俺だ。ほかの奴に打ち合わせどおりにしゃべらせてた」

「……東界連合から助けたふりをして、俺に恩を売ったのか。わざわざ俺を貶めて」

奥歯をギッと鳴らすと、ゼロが頬に笑みを滲ませた。

「お前と早く繋がりたくて少し暴走しただけだ」

「だけだ、じゃない」

身も心も謀《たばか》られて、まんまと深みに嵌められたのだ。

ゼロに問われる。

「俺と繋がったことを後悔してるか？」

していない、と答えてやる気になれずに黙っていると、ゼロが鹿倉に問われたことを順番に答えだした。

「あの日、ロンランの拠点を襲撃するようにエンウに働きかけたのは俺だ。スアンはいま身体を売らない仕事をしてる。スアン以外の女たちも同じだ。エンウは本人の望まないことはやらせない。あれから連絡しなかったのは、お前にこれ以上近づいていいものか考えていたからだ」

ひとつひとつの答えを、鹿倉は受け止め、顔を歪めた。

「なんだ、最後のは。力ずくで近づいてきたのはお前のほうだろう」

「ああ、そうだ。だが、お前という人間と接触することがどういうことなのか、俺自身が読みきれてなかった」

瞬きのない目を眇めて、ゼロが続ける。

「お前からもらったメモリカードの中身をぜんぶ読んだ。お前がどうしてその仕事を選んだのかも、東界連合に執着する理由もよくわかった。スアンのことで完全に冷静さを失ってた理由もな」

同情も共感もない淡々とした言葉と表情だ。

「冷静さを失うような奴と組むのはリスクが大きすぎるってことか?」

ゼロは否定も肯定もしない。

「所詮、お前は光のなかで生きてる。だから、その光のなかに生まれた一点の闇に囚《とら》われつづけてる。だが、俺の世界は闇の点の集合だ」

突き放されているようなもどかしさを、鹿倉は覚える。

「……俺みたいな人間では、お前の世界は理解できないと言いたいのか?」

「それも事実だが」

ゼロの眸が揺れる。

「闇しかない場所に光の点が生まれれば、俺はそれに囚われつづけることになる」

「――」

鹿倉はゼロの顔をまじまじと見詰めた。

「俺が春佳姉ぇのことに囚われてるみたいに、お前も囚われるようになるってことか……その、光の点に?」

ゼロの言わんとしていることが、わかりそうで、もう一歩わからない。

——光の点っていうのは、要するに……。

ゼロが舌打ちしたかと思うと、ネクタイを摑んできた。

「いい加減にわかれ」

ぐいとネクタイを引っ張られる。

唇に唇がぶつかる。唇を腹立たしげに咬《か》まれた。

そのとたん、一気に理解が弾けた。

——……俺が、こいつの光の点なのか。

咬まれている唇が焼けるように熱くなる。

「ふ…」

唇が離れ、どちらともなく乱れた息を漏らす。

頭のなかまでドクドクと脈打っている。

ぼうっとしてしまっていると、ゼロに腕を摑まれてソファに座らされた。代わりにゼロが立ち上がり、キッチンスペースに行って冷蔵庫を開けた。

戻ってきたとき、ゼロはビールの缶を頰に当てていた。そしてもう一本を鹿倉の頰に当ててきた。頰の熱さのぶんだけ缶を冷たく感じながら受け取る。

「暑いな」

そう呟いて、ゼロが開けっ放しの窓からベランダに出る。

鹿倉も立ち上がり、ベランダへと出た。

黒い雲が空に垂れこめ、月も星も見えなくなっていた。

ゼロの隣で缶ビールのプルトップを開けながら、鹿倉はふと思い出して尋ねる。

「どうして、アルコルを待ち受け画面にしてるんだ？」

意外そうな顔でゼロがこちらを見る。

「よくわかったな」

待ち受け画面を見たことのほうは意外でないらしい。ゼロがソファで寝ているときに盗み見たのだが、狸寝入り《たぬき》でもしていたのか。

ゼロがスーツの内ポケットからスマートフォンを取り出した。

あの桶《おけ》の部分が欠けた北斗七星が現れる。

「これは家族写真だ」

「……家族写真？」

薄っすらと映っている死兆星をゼロが指差す。

「これが俺で」

そして、柄の部分の下端にある星を続けて示す。

「これが母だ」

北斗七星のほかの星のことも調べていたから、いま指差されている星がベネトナシュで、

『泣き女』の意味をもっというのは知っていた。

父親や兄弟のことを口にしないところを見ると、母子家庭で、母親はよく泣く女だったということだろうか。それとも、もっと違う意味合いがあるのか……。

改めてアルコルの意味を、鹿倉は思う。

微かなもの・忘れられたもの・拒絶されたもの。

ゼロはどうしてその星に自己投影しているのだろうか。

……風が吹いて、かすかに頬が濡れた。

「雨、か？」

視線を巡らせると、霧雨で景色が煙《けぶ》るように霞んでいた。

横でゼロが呟く。

「エンウだ」

「え？」

「煙る雨と書いて、煙雨《えんう》」

心臓がドクリとした。

煙雨・EN/U・エンウ——ロンランの拠点を襲撃した、ゼロと繋がっている勢力。

鹿倉はゼロの横顔を見詰める。

視線を煙雨に向けたまま、その厚みのある唇が動く。

「まだ答えてない質問があったな——俺が本当は何者か」

緊張に、缶ビールを握る手が強張《こわば》る。

「俺がエンウを起ち上げた」

実体の摑めない、つい先日まで存在すら不確かだった集団。

ゆっくりと闇色の眸がこちらを見返してくる。

「俺の本当の名前は、ゼロだ。母がつけて、母だけがそう呼んでいた」

それが嘘でないのだとわかった。

「別の名前の戸籍を所有しているが、それは本当の俺じゃない」

その意味することを、鹿倉は懸命に考える。

——他人の戸籍を手に入れた……のか。母親だけがゼロと名付けて呼んでいたということは……。

「無戸籍児、か」

ゼロが淡い瞬きで肯定する。

日本にいながら、いないものとして存在している。一万人以上が無戸籍児になっていると言われているが、その実体も総数も摑みようがない。

夜の煙雨のような存在だ。

ひとつひとつの微かな雨粒が夜闇に溶け、ただ煙のように在《あ》る。

「──俺に……話してよかったのか?」

ゼロが視線をまた煙雨へと向けた。

「今度はお前が答えを出す番だ。俺とさらに深く繋がるかどうかを」

「──」

自分はこの男と繋がった。

それは、日本の底に広がる闇の点の集合体と繋がることを意味する。

──さらに、深く……。

自分の目的のために。この男の目的のために。

鹿倉は身震いすると、煙る街を見下ろした。

目黒川沿いの桜の木々がつけている蕾はまだ闇に溶けてしまうほどに儚い。けれども確かにそこにある。

『一緒に桜を見るか?』

ゼロはここから見下ろしていて、目黒川沿いを歩く自分の姿を見つけたのだろう。だからあのメッセージを送ってきた。

そしてその答えはもう出ている。

──あの桜が咲くところを、この男と見たい。

煙雨を深く吸いこんで。

鹿倉は男の二の腕に、自分の二の腕を寄り添わせる。

「ゼロ」

掠れかける低い声で告げる。

「もしお前が東京湾に浮かんだら、俺が確認をしてやる」

触れあっている二の腕から笑いが伝わってきた。

「――それはなかなか、ときめくな」

獣はかくして喰らう
Kemono wa kakushite kurau

首筋が熱い。その熱は緩急《かんきゅう》をつけながら身体中に波紋《はもん》を描くように拡がり、腰の深い場所にジクジクとした疼痛《とうつう》となって溜まっていく。

その疼痛に、揺らいでいた意識がくっきりとして、鹿倉《かぐら》は首に吸いついている男の頭をなかば殴るようにして押し退《の》けた。

唾液《だえき》の沁《し》みた首筋を掌《てのひら》で擦《こす》りながら薄目を開けて男を睨《にら》む。

「蛭《ひる》か」

すると闇《やみ》を凝《こご》らせたような色合いの眸《ひとみ》が、笑いに下瞼《したまぶた》をせり上げた。

「お前の体液をぜんぶ啜《すす》ってやろうか？」

体液とはどこまでをいうのかと考えつつ、それを想像すると腹の奥の疼痛がいっそう増した。

鹿倉は口角を大きく下げてみせながら上半身を起こすと、その流れのままベッドから降りた。

「帰るのか？」

答えるのを省いて、慌ただしく行為に雪崩《なだ》れこんだままに散らばっている衣類を回収しようと床へと手を伸ばし、……自分の身体を改めて見下ろして苦笑する。

身体中に吸いつかれた痕《あと》がある。

ついでに性器は頭をもたげかけていた。

半端な姿勢で屈《かが》んでいると、ふいに腰に太い腕が巻きついてきてうしろに重心を引きずられた。ベッドに弾《はず》むように腰を落とす。

「泊まっていけ」

背後から掻《か》きいだかれて、耳につけた口で低く囁かれれば、首筋から胸元まで肌が粟立《あわだ》つ。

鹿倉は苦笑を深くした。

「お前と頭並べて仲良く朝を迎えるのは勘弁だ」

「また失神させるぞ」

脅《おど》すように囁いて、ゼロがまた首筋に吸いついてきた。さっき吸っていたのと同じ、ワイシャツの襟《えり》で隠れるか隠れないかの微妙な位置だ。

「そこには痕をつけるなと言ってるだろう」

頭を押し退けようとするのに、しかしゼロがいっそう強く吸いついてくる。そして吸いついたまま、大きな体軀《たいく》を笑いに震わせた。

なにを笑ったのかと、男の視線の先を見る。

「…っ」

先刻よりも高く頭を上げている剝《む》き出《だ》しのペニスがあった。

しかもそれは、首筋を吸われるたびに露骨《ろこつ》に身をくねらせる。

このままだとまた身体の芯がとろついてしまいそうで、鹿倉は大きく身動《みじろ》ぎして男の腕から抜け出ようとした。鹿倉が身体を前傾させようとすればするほど、ゼロの腕の力も吸引力も増していく。

その競《せ》り合《あ》いは、ゼロの手指が鹿倉の胸をまさぐりだしたところで勝負がついた。

「ん――」

自分の喉から甘く濁《にご》った音が漏れるのを鹿倉は聞く。

皮膚《ひふ》の厚みを感じる指先で乳首《ちくび》の先を擦られ、摘《つ》まみ出《だ》すようにされる。感じるまいとしても無駄なことは、もう経験からわかっている。

鹿倉は荒くひとつ息をつくと、身体の力を抜いた。今度は思いっきり体重をかけて凭《もた》れかかってやる。身体がうしろにだらしなく傾いて、その分だけ下腹部が視界にもろにはいってくる。

粒を捏《こ》ねられるとペニスがわななき、埋没《まいぼつ》させるように指で潰《つぶ》されると先走りが溢《あふ》れた。

首筋の唇が少し場所をずらして、また吸いはじめる。

「っ…は…」

男の本能で、腰が前後に揺れだす。

鹿倉のみぞおちを背後からホールドしたまま腕をクロスさせるかたちで、ゼロは指で両乳首を味わいつくす。

リズミカルに下から弾《はじ》くように粒を叩き上げられる。

それに合わせて、腰を振る。まるで見えない孔《あな》を犯しているかのような雄《おす》の動きをしながらも、鹿倉は足の狭間《はざま》の窄《すぼ》まりがヒクつくのを感じていた。

そこを抉《こ》じ開けられたときの感触が甦《よみがえ》ってくる。浅い場所から順繰りに、馴染んだものに押し拡げられていく。そして甘苦しい疼痛が溜まっている腹の奥を満たされる――。

「ぁ――あ」

床についた足が突っ張って、腰が宙に浮き上がる。

ふたりの視線を浴びながら陰茎が叩かれたかのように大きく頭を振った。付け根から先端へと、重たい粘液がドッと走る。

「う…、っぁ、ああ」

同性の腕のなかで達する。

胸のうちがざらりとするような違和感と、腹の奥から煮え蕩《とろ》けるようなかつては知らなかった快楽とに、身体が波打つ。

「ふ、は…は、ぁ」

本当に全身の体液を奪おうとしているみたいにゼロが首筋を吸う。すでに達したのに乳首をカリカリと引っ掻かれて、ペニスがつらそうに白い粘糸を出しつくす。

ようやく首筋から離れた熟《う》んだ唇が頬に触れてくる。

「……」

鹿倉は眉間《みけん》に皺《しわ》を寄せて首を捻《ね》じると、ゼロの唇を斟酌《しんしゃく》なくひと噛みしてから、男の筋肉に鎧《よろ》われた腹部に肘《ひじ》を深く突っこんだ。

ゼロの身体が仰向《あおむ》けに引っくり返る。

それをしり目に、鹿倉は立ち上がると、今度こそ衣類を拾ってベッドルームを出た。シャワーを浴びて、身体のあちこちにこびりついているふたりぶんの精液を溶かし落とす。ざっと身体を拭《ふ》いてワイシャツを羽織りながら、なにげなくサニタリールームの鏡へと目をやり、思わず動きを止めた。

そこに映《うつ》りこんでいる男は、確かに鹿倉陣也《じんや》の姿かたちをしているけれども、三十年間見知ってきたものとは違っていた。

苦い顔つきをしているくせに、目を潤《うる》ませて頬を紅潮させている。

——こんな顔を、あいつに見せてたのか。

羞恥《しゅうち》というより屈辱感《くつじょくかん》めいた腹立たしさが湧き起こる。

それを相殺《そうさい》しようと、行為のときのゼロの顔を思い出してみる。

しかし、馴染んだ男としての快楽を堪能《たんのう》しつくしているゼロと、慣れない行為に翻弄《ほんろう》されがちなこちらとでは、比べても分が悪くて当然だ。

冷水を顔に何度もぶつけて、なんとかいつもの鹿倉陣也を取り戻す。

そうしてワイシャツのボタンを留めようとして、右の首筋の広範囲に紅い痕が拡がっていることに気づく。これでは襟で隠しきれない。

「あの蛭男が」

舌打ちしつつ、首をきつくしゃぶられる感触が甦ってきて、腹部の奥が不安定に引き攣《つ》れた。

1

「それ、どうしたんですか？」

梅雨《つゆ》曇りのなかを霞が関に登庁《とうちょう》して顔を合わせるやいなや、早苗優《さなえすぐる》が自身の首筋を指差しながら訊《き》いてきた。

「ぶつけた」

昨夜ゼロにつけられたそれはキスマークにしては範囲が広すぎて、ぶつけてできた痣《あざ》のようになっていた。

早苗が疑うように目を細くする。

「本当のことを言ってください」

擬人化《ぎじんか》した眼鏡《めがね》カワウソのくせに、鼻を利《き》かせるつもりかと思ったが。

「また、東界《とうかい》連合に襲われたんじゃないんですか？」

小声でそう問い質《ただ》された。

前に東界連合の連中にスタンガンを当てられて首に痣を作ったことがあったため、早苗はそれを心配してくれたのだ。

「もしそうだったら、お前には教える」

「絶対ですよ。また徘徊《はいかい》するときは、事前に連絡をください」

「ああ、わかった」と返すと、早苗が目の周りの力を緩《ゆる》めた。つぶらな垂れ目に戻って、小動物っぽく小首を傾《かし》げる。

「それにしても最近、東界連合はまったく動きがないですね」

「ああ、ロンランが摘発されてからは大人しくしてるな」

この四ヶ月ほど、東界連合は鳴りを潜《ひそ》めている。

警視庁組織犯罪対策部でその名を耳にしない日はなかったほどなのに、ぱったりと聞かれなくなった。

ゼロの情報網にも東界連合の動向は引っかからないようだ。

個々のメンバーが好き勝手に犯罪行為を繰り返しているものの、少なくとも半グレ組織として系統立った動きはしていない。

しかしロンランのことがあったから組対部《そたいぶ》を警戒して大人しくしている、などというタマでないのは確かだ。

東界連合はなにかを水面下で進行しているに違いなかった。

東界連合は——というより、その核である遠野亮二《とおのりょうじ》はもうずっと長いこと、日本の暗部に巣食い、ドラッグや人身売買をもちいて支配の手を伸ばしてきたのだ。

その手に、鹿倉《かぐら》の従姉《いとこ》は搦《から》め捕られて破滅させられた。

いま遠野は、どこにどのような手を伸ばしているのだろうか……。

こうしているあいだにも、ひそかな被害者が次々に生み出されているはずなのだ。鹿倉は奥歯をギッと噛む。

敵を見失っているような焦燥感《しょうそうかん》に駆られていたせいだろう。

仕事上がりに電車に乗り、気が付いたときには、東界連合が庭にしているエリアを歩いていた。しまったと思う。

また早苗を巻きこみたくないと思うものの、ここで連絡を入れずになにかあったら、早苗は信頼されていないと裏切られた気持ちになるだろう。スーツの内ポケットからスマホを取り出そうとしたときだった。

背後からバイクの音がした。急接近してくる。

鹿倉は振り返るより先に路肩へと身を投げ転がした。自分が一秒前までいた場所をバイクがスピードを上げきったまま突き抜けた。

すると次のバイクがまたまっすぐこちらに向かってきた。逆の路肩へと走ってそれをやり過ごす。三台目も同じようにして躱《かわ》したところで、一台目のバイクが戻ってきた。そして四台目五台目に退路を阻《はば》まれる。

前方から三台、後方から二台のバイクに囲まれた。

フルフェイスのヘルメットで顔は見えないが、東界連合絡みの連中に違いない。

鹿倉はゆっくりとその場で三百六十度身体を回して五人ひとりひとりへと視線を向けていく。

逃げ場なく追い詰められた状態であるにも拘《かかわ》らず、もやもやした不安感が吹き飛び、みぞおちが熱くなる。見失っていた獲物が、向こうから姿を見せてくれたのだ。

思わず口角に笑みを滲《にじ》ませると、それが気に障《さわ》ったのか、三台目の男がバイクを降りた。そしてベルトに引っかけていたバトン状のスタンガンを手にする。

「芸がないな」と呟くと、背後からカチリと音がした。横目で見やると、五台目の男がバイクに跨《また》がったまま銃口をこちらに向けていた。

こんな町中で拳銃を出すなど、短気な小物だ。

スタンガンのほうを捕まえて拳銃の盾《たて》にしながら脱出するのが最善か。ゼロと交わるようになったお蔭で、ラフファイトというものが自然と選択肢《し》にはいるようになった。

『お約束の外側は、俺の世界だ。俺の言うとおりにしていろ』

ゼロの言葉が耳の奥に甦る。

――お約束の外側に、行ってやる。

そうしなければ、自分はあの男と肩を並べて同じ目的へと走れないのだ。

ここで殺されるようでは、話にならない。

拳銃に注意を払いつつ、近づいてくるスタンガン男の背後へと回りこむタイミングを読んでいたときだった。

呻《うめ》き声とともに、拳銃が地面へと落ちた。見れば、五台目の男が右腕に刺さったナイフを抜こうとしている。そして今度は四台目の男がバイクごと転倒した。プロレスラーみたいな体格の男が、起き上がろうとする男の背中を踏みつける。

かと思うと、今度は一台目の男と二台目の男がバイクごと将棋《しょうぎ》倒しになった。スーツ姿の堅《かた》気《ぎ》っぽい印象の男がバイクを蹴り飛ばした姿勢のまま溜め息をつく。

「いつも刑事さんは脇が甘いですね」

そのうしろからアッシュグレーの髪の少年が、ナイフ三本でジャグリングをしながら相槌《あいづち》を打つ。

「ほんと甘々。相変わらず、切り心地はよさそーだけど」

急展開に唖然《あぜん》としていたスタンガン男が我に返ったように鹿倉に飛びかかろうとすると、その肩のうしろにトスッとナイフが突き刺さる。

鹿倉は改めて現れた三人を順繰りに眺め、確信した。

「お前たち、倉庫にいた奴《ヤツ》らか」

少年がピアスのついた唇でニィと笑う。

「せいかーい」

東界連合のふりをして鹿倉を拉致《らち》して海辺の倉庫に連れて行き、そこでゼロと一緒にひと芝居打った連中――要するに、エンウのメンバーだ。

ナイフ少年は十代、プロレスラー風は二十代、スーツは三十代といった感じで、それぞれ雰囲気もバラバラで繋《つな》がっているようには見えない。

けれども、彼らには強固な繋がりがあるのだ。

無戸籍児《むこせきじ》として生まれ育ったという共通点が。

「立ち話をしているとまた厄介《やっかい》なのに絡まれるから、行きましょうか」

スーツ男に手招きされる。

ナイフ少年が新たなナイフを足してジャグリングをしながら歩きだす。

プロレスラー風はご丁寧に五人を一度ずつ踏みつけてから合流した。

十字路を曲がったところに駐《と》めてあったワゴン車に四人で乗りこむ。三人が対面式シートになっている後部座席に着くと、スーツ男が運転席に収まり、見た目に反して乱暴に車を発進させた。

「で、俺を尾《つ》けてたのか？」

尋ねると、プロレスラー風がのっそりと頷く。

「ゼロに言われたってことか」

ナイフの刃を砥《と》いでいる少年がこちらを見る。その目はカラーコンタクトを入れているのか淡い灰色だ。

「あのゼロがコクミンを特別扱《あつか》いするなんてさ」

「コクミン？」

鋭い刃の先端が鹿倉へと向けられる。

「ニホンコクミン」

次に先端が、エンウの三人へと向けられる。

「ヒ・コクミン」

運転席からスーツ男が補足する。

「私たちは地球上のどこの国にも属さないということです」

無戸籍なのだから、そういうことになるわけだ。

「ゼロから、あなたにその話をしたと聞かされたときには驚きました」

「ねーよな。コクミンの、しかもサツに言うとか」

彼らの反応も無理はない。

エンウという組織の根幹の秘密を、国家権力側の人間にバラしたのだ。

「俺たちはどこの誰でもねぇ」

プロレスラー風がそう言ってから、訂正した。

「前は、どこの誰でもなかった」

少年がピカピカする刃に映った自分と見詰め合うようにしながら、機嫌よく目を細める。

「いまは、エンウのハイイロだ」

ハイイロ、というのはおそらく少年を示す「名前」なのだろう。それは日本国民がいうところの本名とは違う。

ハイイロが続けて、プロレスラー風のことを「エンウのリキ」、スーツ男のことを「エンウのカタワレ」と教えた。

おそらく家族すら、彼らの拠《よ》り所にはならなかったのだろう。子供に戸籍を与えなかったということは、よほどの事情があったのか、あるいは法外レベルの無関心であったからだ。

そして彼らは家族という最小単位ですら居場所を与えられず、社会的には完全に存在しない者として漂《ただよ》い、どういう道筋を辿《たど》ってか、エンウに集結した。

――ヒ・コクミンか。

そう言ったときのハイイロの顔つきに、卑屈《ひくつ》な翳《かげ》はなかった。逆に鹿倉のことをコクミンとカテゴライズしたときには、嘲笑《あざわら》う色を浮かべていた。

彼らの目に自分は――「国民」は、どのように映っているのだろうか……。

「あんたさ、勘違いすんなよ」

神谷町《かみやちょう》の自宅マンション近くで鹿倉が車から降りようとすると、ハイイロが半笑いで言ってきた。

「コクミンとヒ・コクミンなんて、どーせ終わるんだからさ。その時には、俺が綺麗に捌《さば》いてやるよ」

走り去るワゴン車を見やっていると、肌が湿った。

仰向《あおむ》いて視線を巡らせる。

靄《もや》のような雨は街灯が照らす狭《せま》い範囲をよぎるあいだだけ、姿を明確に現す。夜空にあるときも地に落ちてからも、鹿倉の目では一滴ずつを見分けることができない。

常《つね》より黒々とした、足許《あしもと》のアスファルトを凝視《ぎょうし》する。そして自分がそこにゼロを捜していることに気づく。

こんなことが最近、気が緩んだときによく起こる。

ちょっとしたものの影のなかにもゼロを見つけて、考えてしまうのだ。

どこで生まれたのか。どんな両親なのか。どうして無戸籍なのか。どんなふうに育ったのか。どうやってエンウを起《た》ち上げたのか。彼の世界は、どんなかたちをしているのか——。

いまもそこに嵌《は》まりかけ、首を振って顔を上げる。

自分たちは東界連合を潰すという同じ目的を胸にしているのだ。一から十までわかり合う必要などない。そんなことは、それこそ「コクミン」同士ですら困難なのだ。

自分は姉弟のように育った春佳《はるか》が、どんな家庭で育ち、どこの学校に通ってどんな生活をしていたのか、なにが好きでなにが嫌いかまで、よく知っていた。それなのに、彼女のもっとも重要で広大な暗がりを、わかってやれなかった。春佳が表面的に見せてくる部分だけを真に受けて、彼女をひとりで苦しませてしまったのだ。

家族だろうが恋人だろうが親友だろうが、それはよくあることに違いない。

そんなものだ。……そんなものだけれども、諦《あきら》めることも、割り切ってなかったことにすることもできない。悔恨《かいこん》は消えない。

その悔恨は鹿倉のなかに防御壁を作り上げ、それは友人に対しても恋人に対しても張り巡らされつづけた。他者を知り尽くすことなどできない。下手《へた》に知った気にならずに俯瞰《ふかん》していたほうが、小さな信号にも気が付くことができるのではないか。

春佳を救うことはできなかった。

スアンはまるで春佳が帰ってきたかのような存在で、彼女のことはゼロのお蔭で助けることができた。

「ゼロ――」

彼に対しては、俯瞰するための防御壁が展開しにくい。

見える小さな範囲に目を凝《こ》らして、彼をわかりたいと願ってしまう。

もっと知りたい、もっと繋がりたい、もっと交わりたい。

『コクミンとヒ・コクミンなんて、どーせ終わるんだからさ』

終わることは、かまわない。

自分たちが終わるときは、どちらかが道なかばで命を落とすか、東界連合を潰せたときだ。

目的を果たせてからハイイロのナイフで切り刻まれようが、本望だ。

ゼロと深く繋がるということが、死に近づくということだという認識はあった。

その上で自分は選択したのだ。

「……それまでは繋がりつくす」

雨がじんわりと沁みたアスファルトは、いつもよりやわい踏み心地に感じられた。

それに足を取られないように、鹿倉は霧雨のなかをマンションへと次第に速度を上げて走った。

2

「見事な権力ヤクザっぷりでしたね」

会議室から出ながら早苗《さなえ》が大袈裟《おおげさ》に身震いする。

いましがたまで、東京地検特捜部との会議——という名の事情聴取がおこなわれていた。

大規模な助成金詐欺《さぎ》事件に外国人犯罪組織が関与していることが発覚し、組対部《そたいぶ》は情報の提供を求められたのだ。

組対部の刑事もヤクザと大差ないなどと陰口を叩かれがちだが、現場で身体を張っているだけあって人間臭《くさ》さがある。対して東京地検特捜部の検事は政財界の大物すら顔色ひとつ変えずに踏み潰す冷徹《れいてつ》さをそなえている。

「桐山《きりやま》検事はさしずめ若頭ってところですね」

同意を求めるように鹿倉《かぐら》のほうを見た早苗の瞳孔《どうこう》が開き、「ヒッ」と小さく声をあげた。

鹿倉は背後へと視線を向ける。

権力ヤクザの若頭が立っていた。彫りの深い顔立ちと恵まれた体軀は俳優でも通りそうだが、その無表情のせいで不気味な印象を見る者に与える。生まれてこの方四十年近く、一度も笑顔になったことなどないのではないだろうか。

「鹿倉陣也《じんや》刑事」

能面の口が動く。

「話がある」

視線で会議室に戻るようにと示すと、桐山は踵《きびす》を返した。

「ど、どうしよう……聞かれちゃいましたよね」

茫然《ぼうぜん》自失状態の早苗をしり目に、鹿倉は会議室へと戻った。

こちらの名前を把握《はあく》して名指ししてきた時点で、きな臭い。

「ドアは閉めろ」

「聞かれたらまずい話ですか？」

「そっちがな」

やはり、ろくな話ではないわけだ。

「で、どんな話ですか？」

少し離れたところから尋ねると、桐山が並べられた長机のうちのひとつに腰を預けて、人差し指だけ軽く動かして近くに来るようにと指示してきた。

鹿倉は不快さを隠さない顔と足取りで、視線で示された立ち位置につく。

桐山のほうが鹿倉より身長があるが、机に腰を預けているせいでいまは目の位置が低い。瞬《まばた》きのない上目遣《うわめづか》いで見詰められると、背筋がぞわりした。

黒い眸。

これほど黒々とした眸をもつ男は、ほかにひとりしか知らない。

しかしゼロのそれがどこまでも深い夜闇を思わせるものであるとしたら、桐山のそれは陰鬱《いんうつ》な夜の沼のそれのようであった。得体の知れないものを孕《はら》んでいる。

——これはヤバい奴だ。

本能的に一歩下がろうとすると、その前に長い腕が伸びてきた。まるでカメレオンが舌で獲物を巻き取るかのような素早さで、鹿倉は一瞬にしてスーツの襟元を摑まれ、引き寄せられた。

ダンッと長机に手をついて転倒を免《まぬが》れる。

ぬるりとした黒い眸が間近にあった。

「これ以上、東界《とうかい》連合には触るな」

鹿倉はきつく目を眇《すが》めて、侮蔑《ぶべつ》の色を顔に拡げる。

「検察にも、ヤク中だかロリコンだかで東界連合の世話になってる連中がいるわけですか？ いや、それとも桐山検事ご用達《ようたし》ですか？」

なんの表情も浮かべないまま、桐山の目のぬめりが増す。その視線がスッと鹿倉の首筋へと流れたかと思うと、スーツの襟元を摑んでいた手指が、ワイシャツの襟へとかかった。ぐっと襟に指をかけられて、右の首筋を覗かれる。

「ずいぶん激しいのが好みのようだな」

早苗の目は誤魔化せても、桐山はそうはいかないらしい。

答えずにいると、さらにワイシャツの襟をきつく引っ張られて、喉が絞《し》まった。

「っ」

苦しさに眉《まゆ》を歪めると、桐山が顔中に視線を這《は》わせてきた。まるで顔をカメレオンの舌で舐《な》めまわされているかのような悪寒を覚える。

「なるほど。相手の気持ちもわからなくはない」

「――離せ」

一応は口で先に警告してから拳《こぶし》を発動させようとしたが。

「エンウと繫がってるのか？」

桐山がそう囁いてきた。探る眼差《まなざ》しで顔を覗きこんでくる。

心臓を鷲摑みにされたような衝撃を覚えながらも、鹿倉は咄嗟《とっさ》に感情を遮断《しゃだん》した。桐山の目をまっすぐ見返す。

「繫がるどころか、エンウの実態はいまだ摑めていない。そっちで摑んでる情報でもあるなら、流してほしいぐらいだ」

桐山は無言で鹿倉の顔をたっぷり視線で舐めまわしたのち、ワイシャツの襟から指を外した。

喉の締めつけを解かれて噎《む》せそうになるのを鹿倉はこらえる。

この男には、いっさいの弱みを見せてはならない。

桐山が机から腰を上げ、ドアへと向かいながらすれ違いざまに低い声で言う。

「邪魔だけはするな」

「――」

会議室にひとりになってから、鹿倉は深く呼吸をした。

いまだに喉を絞められている感触が首にまとわりついていた。

中目黒《なかめぐろ》のマンションにゼロを呼び出して、昨日のことを話して聞かせると、ゼロは記憶を探るように太い首をわずかに傾げた。

「東京地検特捜部の、桐山俊伍《しゅんご》か」

風呂上がりで、ゼロの露《あら》わになっている上半身にも髪にも湿り気がある。スウェットパンツを穿《は》いた足で片胡坐《かたあぐら》をかき、ソファに大きな身体を沈めている。

「なにか絡んだことはないのか？」

ゼロは缶ビールを大きく呷《あお》ってから、向かい合うかたちでローテーブルに腰掛けている鹿倉に答えた。

「少なくともこれまでうちに関わってきたことはないはずだ」

「そうか…」

「そいつはお前とエンウが繋がってると疑ってるわけか」

「疑ってるのか、カマをかけたのか」

「少なくとも、お前が尾行されてないのは確かだがな」

ゼロの言葉に鹿倉は苦い顔になる。

「俺を尾行してるのは、お前の仲間のほうだ」

「ああ、カタワレとリキとハイイロに助けられたんだってな」

「自力でどうにかできた」

呆《あき》れ笑いをゼロが浮かべる。

「少しは可愛《かわい》くありがたがれ」

そう言いながらゼロが上体を前傾させて手を伸ばしてきた。ネクタイを緩められて、ワイシャツの襟をめくられる。

痣のようになっている首筋の痕に口をつけようとするゼロの頭を、鹿倉は両手で摑んだ。

「やめろ」

「照れるな」

「そうじゃない。桐山に――」

口にしてから、しまったと思う。

「桐山がどうした？」

ゼロが剣呑《けんのん》とした目つきになって訊いてくる。

「……いや。ただ、この痕のことを指摘された」

「どう指摘されたんだ？」

答えないと面倒なことになるのはわかりきっているから、桐山の言葉をそのまま口にする。

「『ずいぶん激しいのが好みのようだな』」

しかし答えても面倒な展開になった。

ゼロの鼻に憤《いきどお》った狼《おおかみ》を思わせる皺《しわ》が寄る。

「どういう流れで、特捜部の検事が組対刑事にそんなセリフを吐いた？」

「流れもなにも、向こうが急に間合いを詰めてきただけだ」

あの時の感覚が甦ってきて、鹿倉は思わずみずからの顔を掌で擦った。

「桐山に、なにをされた？」

「なにもされてない。襟に指かけられて、首や顔を見られただけだ。──ただ」

「ただ、なんだ？」

「……カメレオンの舌」

呟くと、ゼロが怪訝《けげん》な顔をする。

「桐山に見られると、カメレオンの舌で舐めまわされてるみたいな気分になる」

「お前を舐めまわしたのか」

唸《うな》る声でゼロが呟く。

「だから舐められたんじゃなくて、見られただけで…、っ」

顎《あご》から左耳にかけてを舐め上げられる感触に、鹿倉は言葉を詰まらせた。続いて、右頬から
こめかみまでを舐められる。

「お、ぃ、やめろっ」

ゼロを押し退けようとすると、両手でがっしりと頭部を押さえこまれた。額がくっつくほど顔を寄せて、ゼロがざらつく声で告げてくる。

「桐山に見られたところをぜんぶ舐めてやる」

拒否する間もなく、ゼロの舌が顔を這いまわりだす。

顎を頬を鼻を額を眉を瞼を耳を唇を、舐められる。

――舌が、熱い……。

こそばゆさと行為の異常さに鳥肌をたてながらも、顔にこびりついていた嫌な感覚を溶かされていくのを感じる。桐山のことを頭のなかからこそげ落とされて、ゼロの舌だけしか意識が追えなくなる。

「ふ、は…」

気が付いたとき、鹿倉はみずからも舌を差し出していた。

露わになった舌同士がくねりながら互いを舐めあう。

下腹部が激しく疼《うず》いて、鹿倉はスラックスの前を開けた。硬くなったペニスを引きずり出して、慌ただしく擦る。

舌を出したままの鹿倉の顔を首筋を、ゼロの舌が這いまわりつづける。

「は…ぁ、はっ…っ」

舌先を激しく舐め叩かれる。

射精の愉悦《ゆえつ》に、鹿倉は濡れそぼった顔を淫《みだ》らに歪めた。

3

鈍《にぶ》い光沢のある四角い黒備前《くろびぜん》の皿に盛られて、魚貝類の白身赤身が鮮やかに際立っている。

鰭酒《ひれざけ》を啜った相澤《あいざわ》がふーっと息をつく。

「この店は口が堅《かた》くてネタも酒もいい。お前に教えといてやろうと思ってたんだ」

相澤に少し話があると持ちかけたところ、新橋《しんばし》にあるこの店に連れてこられたのだった。

「ほら、前に飼いたいライターがいるとか言ってただろ。そいつとはどうなったんだ?」

ゼロの素性《すじょう》がまったくわからなかったころ、そんな話を相澤としたことがあった。

確か、相澤が飼っていた町田《まちだ》というフリーライターが東京湾で上がって、その遺体を確かめに行ったときのことだ。町田とも、この店に来たことがあったのだろうか。

「まだ飼い馴らせてはいません」

「そうか。まあ、尻軽じゃない奴のほうがいい。尽くしてくれるからな」

褄《つま》が好物なんだと言って大根を頬張りながら、相澤が視線で話を促《うなが》してきた。

鹿倉《かぐら》はいくらか声のトーンを落として尋ねた。

「桐山《きりやま》検事について、少し知っておきたいんです」

相澤は多くのライターを飼っているが、そもそも情報マニアなところがある。人事関係にも精通していて、警察官でも検察官でも裁判官でも弁護士でも名の通った人間の情報は頭にはいっている。

「俺はちょうど外してたけど、桐山検事がうちに出向いたそうだな。しかも会議後にお前だけ呼びつけられたんだって？」

「どうして知ってるんですか」

「早苗《さなえ》が言ってた。あいつ、桐山を悪く言ってるのを本人に聞かれたってプルプル震えてたぞ。で、桐山検事ってどんな人なんですか～って俺に訊いてきたわけだ」

早苗の小動物的心臓にはそうとうなダメージだったに違いない。

答えるのが二度目ということもあってか、相澤は立て板に水で語りだした。

「桐山俊伍《しゅんご》、三十七歳。T大学法学部在学中に司法試験に合格、卒業後に検事に任官。東京地検刑事部および公判部を経《へ》て、東京地検特捜部に抜擢《ばってき》されて政財界の収賄《しゅうわい》事件を中心に手がけ、絵に描いたようなエリート街道を驀進中《ばくしんちゅう》。法曹界《ほうそうかい》のサラブレッドで、曾祖父は検事総長を務め、祖父は元最高裁長官、父親はすでに鬼籍にはいってるが、生きてれば確実に検事総長になっただろうと言われていた人物だった」

「聞いてるだけで胸焼けするな」

呟くと、相澤が「早苗なんて失神しそうになってたぞ」と笑う。

「桐山検事も、検事総長まで登り詰めるつもりですかね」

「すでに桐山の大派閥《だいはばつ》ができあがってるそうだぜ。検察内だけでなく、裁判所のほうも巻きこんでな」

あの男が検察のトップになった暁には、気に入らないものをすべてカメレオンの舌で捕らえて消し去りそうだ。

――エンウはそんな奴に目をつけられてるわけか……。

そして東界《とうかい》連合に触るな、と警告してきた。

相澤はこれまで桐山が手がけてきた華々《はなばな》しい案件をいくつも披露《ひろう》してくれたが、どれも東界連合やエンウが絡んでいるとは考えにくいものだった。

どうして桐山が、鹿倉がエンウと繋がっていると考えたかを知る糸口になりそうな話もまったく拾えなかった。

今回、桐山が関わっている案件は外国人犯罪組織が絡んでいるものだが、桐山の様子からすると以前から東界連合やエンウに目をつけていたように思われてならない。

「検察がその気になれば、政治家も吹っ飛ぶぐらいだ。うちら一介《いっかい》の刑事に冤罪被《えんざいかぶ》せて有罪にするのなんて朝飯前だろうよ」

相澤から言外に、桐山は敵に回すなと釘《くぎ》を刺されてお開きとなった。

それから一週間ほどたったころ、ゼロからの接触があった。

仕事を終えて日比谷《ひびや》線の神谷町《かみやちょう》で降り、自宅マンションへと歩いていくと、路肩に見覚えのあるワゴン車が停まっていた。その車の横を通り過ぎ、マンションも通り過ぎる。かなり歩いてから左折したところで、ワゴン車が追いついてきて停まった。開けられた後部ドアへと、鹿倉は身を滑《すべ》りこませた。

運転席にいるのはカタワレで、ゼロだけが後部座席のシートにいた。その向かいに腰を下ろす。

ゼロが無言でタブレット端末を差し出してきた。それを受け取って画面に映し出されている画像を目にした鹿倉は、顔を強張《こわば》らせた。

ふたりの男が、いかにも高級クラブのＶＩＰルームといった悪趣味なロココ調風の部屋でソファに座っている。

片方は桐山検事で、もうひとりは――。

「遠野《とおの》……」

東界連合の遠野亮二《りょうじ》だった。

昔は髪色をアッシュグレーにして青をアクセントに入れていたが、四十二歳の現在は髪色をダークブラウンにして顎鬚《あごひげ》を生やし、スーツのインナーを黒いＴシャツにしている。格好だけならベンチャー企業の社長っぽくもあるが、ギラついた目つきやソファに座る姿勢ひとつにもいかがわしさが丸出しだった。

九十度の位置に配置されたもうひとつのソファに座る桐山は、犯罪者の聞き取りをしているときもこうなのだろうというような姿勢で、相変わらず能面のような顔つきだ。

画像はおそらく、従業員による隠し撮《ど》りだろう。ふたりともまったくカメラを意識していない。

「桐山は、遠野と繋がってたのか」

「お前がエンウと繋がってると疑ってるのも、おそらく遠野経由からの情報だろう」

それならば、いろいろと合点《がてん》がいく。

このところ東界連合の動きがないため、メンバーが起こしていると思われる暴行・恐喝《きょうかつ》といった細かい事件を拾っていたのだが、その多くが検察によって不起訴《ふきそ》になっていたのだ。そのことと、桐山が法曹界で大派閥をもつほどのサラブレッドであることを話して聞かせると、ゼロは険《けわ》しい顔で唸った。

「要するに、桐山派の検事たちが東界連合の奴らの事件を捻《ね》じ消してるわけか?」

「そう考えるのが妥当《だとう》だろう」

「思った以上に厄介《やっかい》だな」

それに、桐山は検事総長へと駆けのぼっていく可能性が高いのだ。

桐山が出世すればするほど、東界連合は野放しとなっていくことになる。

――そんなことを絶対に許すわけにはいかない。

鹿倉は拳をきつく握り、正面からゼロを見据《みす》えた。

「桐山を破滅させて、派閥を解体する。その画像を流出させるだけでもダメージになるはずだ」

ゼロはしかし、タブレットの画像を凝視したまま黙りこんでいる。

「聞いてるのか?」

詰め寄ろうとすると、意外なほど冷静な眼差しが返ってきた。

「この件で前のめりになるな」

「え?」

「お前はこの件に関わるな。桐山には触るな」

鹿倉は愕然《がくぜん》とする。

東界連合を潰すという同じ目的に向かって自分たちは走っていたはずだ。

「カタワレ、車を神谷町のほうに戻せ」

「ゼロ、おいっ」

「この画像は流出させない」

感情の見えない黒い眸がこちらを見る。

「しばらく自分の仕事に専念してろ」

ワゴン車がマンション近くで停まるまでの十分ほど、ゼロはそれ以上、ひと言も喋《しゃべ》らなかった。

鹿倉もまた無言を保ったまま車を降りた。

横を走っていたはずの男の姿を、見失っていた。

4

梅雨が本格的になり、この半月ほどろくに太陽も月も見ていない。灰色の箱のなかに閉じこめられているかのような閉塞感《へいそくかん》が続いている。

ゼロとは、三週間前にワゴン車で別れてから会っていない。

鹿倉《かぐら》のほうからは何度かメッセージを送ったが、すべて黙殺されていた。中目黒《なかめぐろ》のマンションにも五回足を運んだが、ゼロが立ち寄った形跡はなかった。冷蔵庫にはいっている缶ビールの数も変わっていない。

そして今晩も、日比谷《ひびや》線で神谷町《かみやちょう》で降りそこねて、中目黒まで行く。

どうせ送る意味もないからメッセージを送らずにマンションへと向かう。鍵《かぎ》を部屋のドアに差して、開錠《かいじょう》できたことに安堵《あんど》する。

いつか突然、この鍵でこのドアを開けることができなくなるのではないか。

なんの前触れもなく解約されて、この部屋にはいる権利を失うのではないか。

——そうしたら、もう繋がれなくなる。

みぞおちにぼっこりと穴が空《あ》いたような冷たさを覚えながら、暗い部屋に上がる。

明かりを点《つ》けないのは、そうすればこの暗い部屋のどこかにゼロがいるという期待をいだいていられるからか。

朧《おぼろ》に家具の配置がわかる程度の闇のなかを進み、ソファに腰掛ける。

ゼロがいるかのように右半分は開けていることに気づき、苛立《いらだ》ちながらローテーブルに両脚を投げだして悪態をつく。

「前のめりでそっちから繋がってきたんだろうが」

こんなふうに放り出されて、はいそうですか、というわけにはいかない。

「俺はお前の共犯者なんだからな」

謎《なぞ》の組織エンウの情報収集に、組対部《そたいぶ》は力を入れている。

自分はその核である男と繋がり、エンウが無戸籍児から成《な》る組織だという重大な情報をひた隠しにしている。それは警察組織に対する裏切り行為であり、ゼロと共犯関係にあると言える。

「……」

鹿倉はローテーブルから足を下ろし、前傾姿勢で考えを進める。

「あいつはもう、俺を簡単には切れない」

それこそハイイロに掴かせるようなかたちで鹿倉の口を封じなければ、エンウが危険に晒《さら》されるのだ。こんな曖昧《あいまい》な状態で放逐《ほうちく》するはずがない。

「なんのために俺を遠ざけようとしてる？」

考えに沈みこんで外界を遮断しすぎていたらしい。

ふいに視界が明るくなって、鹿倉は唖然とする。

リビングの入り口のほうを見ると、ゼロが立っていた。無言で近づいてきて、ソファの右側にどっかりと腰を下ろす。

雨の匂いが、濡れたライダースジャケットから漂う。それがほろ苦いようなフレグランスの香りと絡む。

胸が痛くなるような匂いだ。

「なんで俺がここにいるのがわか――」

問いかけようとして、自力で答えに至る。

「尾けさせてるからか」

「ああ、そうだ」と答えながら、ゼロが耳から抜いたものをローテーブルに投げた。ワイヤレスイヤホンが天板を転がる。

「共犯者、か」

いまさっきのひとり言を盗聴されていたのだ。

ここでのことは盗聴盗撮されている前提でいたが、それでも頭にカッと血が上《のぼ》る。

「盗聴したり尾行させたり、俺のことが気になって仕方ないわけだ」

「お前がよけいなことをしないか見張ってるだけだ」

「聞いてたんなら、答えろ。どうして俺を遠ざけようとする？」

面倒くさそうな溜め息をゼロがつく。

「所詮《しょせん》、お前はそっち側の人間だからだ」

「俺はコクミンで、お前はヒ・コクミンってことか？」

ゼロが横目でこちらを見る。

「そういうことだ。だから桐山《きりやま》に嗅《か》ぎつけられないように、俺たちとは距離を置いておけ」

『コクミンとヒ・コクミンなんて、どーせ終わるんだからさ』

頭に響くハイイロの声を打ち消すように、鹿倉はゼロの胸倉を摑んで迫る。

「桐山はこっち側の人間だ。俺にできることがあるはずだ」

ゼロが目を眇める。

「やっぱり全然わかってねぇな」

「なにがわかってないんだ？」

「桐山は、ヒ・コクミンだ」

言われた言葉の意味を理解できない。

法曹界のサラブレッドが無戸籍児のわけがない。

鹿倉の手をジャケットから剝がしながら、ゼロがヒントを雑に投げてきた。

「あいつはコクミンとして扱われない」

数拍ののちに、理解が回ってきた。

「……上級国民はまだコクミンのうちってことか。桐山は、上級国民の範囲ですらない」

法曹界の王となることを約束された、なにかあっても法律の枠外《わくがい》に置かれる存在。

そういう意味では、真逆の存在に思われる桐山とゼロは、同じということになる。

「ヒ・コクミンのやり方はヒ・コクミンにしか読めない。お前には無理だ」

お前とはわかり合えない、と言われている気がした。

「東界《とうかい》連合の連中だけなら、お前と同じように法律に縛《しば》られてるから、お前でも戦いようがある。だが、法律に縛られない奴は、縛られている奴を簡単にどうとでもできる」

強い反発心が胸に生まれる。

「戦力外通告をする気なら、俺がエンウの秘密を守る義理もなくなるが?」

「お前は俺を売らない」

「なんで、そう言いきれる」

「お前は俺のことが気になって仕方ないからだ」

言いながら、ゼロが項《うなじ》を摑んできた。唇を唇で押し潰される。

扱いやすい女のように従わせられるとでも思っているらしい男に、はらわたが煮えくり返る。それを否定してやりたかったが、しかしこれまでそういう場面は確かにあった。

——こんなかたちで終わらされて、たまるか。

鹿倉はみずからゼロの唇を舌で割った。早くも鹿倉が陥落《かんらく》したと思ったのか、ゼロが機嫌よく舌を絡め返してくる。

さらに深く口腔《こうこう》を漁《あさ》りながら、鹿倉は男のライダースジャケットを脱がせた。それから両手へと手を這わせて、太い指を扱《しご》き、擦る。

唇が離れたとき、ゼロがきつく眉根を寄せて、自身の手を見た。

その両手の親指は結束バンドでひとつに括《くく》られている。

できればうしろ手のほうがよかったが、この男の緩みに乗じるにはこれが限界だった。

「お前を見習って、持ち歩くようにしてる」

結束バンドに触れながら、鹿倉はニッと笑む。

「お前は俺を飼い馴らせてない。俺がお前を飼い馴らす」

天井《てんじょう》のライトが、大きな体軀を無骨なスチールベッドに仰向けにしたゼロの姿を照らす。

前手に親指を拘束《こうそく》したうえで手首をネクタイで縛り、腕を上げるかたちでパイプ管めいたフレームに繋いでいる。

その下肢《かし》から衣類を引き抜くと、常態でも重たげな長いペニスが露わになる。肉体を晒す程度ではゼロの羞恥心はぴくりともしないらしく、むしろ見せつけるように筋肉質な脚を放り出して身体を伸ばししている。表情もふてぶてしいままだ。

——崩してやる。

いつも自分ばかりがゼロに崩されて余裕のない姿を晒させられている。

今日こそはゼロの取り乱した姿を暴き、支配するのがどちら側かを示さなければならない。

そうしなければ、自分たちの繋がりは途絶えかねないのだ。

桐山が遠野と繋がっている限り、ゼロは鹿倉に共闘を許さないだろう。

——そんなことになってたまるか。

なんとしてでも支配権を握って、考えを翻《ひるがえ》させなければならない。

鹿倉は着ているものをすべて脱ぎ捨てた。

裸で、男に跨るかたちで腰を下ろす。脚の狭間《はざま》でペニスを押し潰す。

そうして男の肉体のラインにぴったりと沿っているシャツを一気に胸部のうえまで引き上げた。厚みのある胸板を目にすると、男としての優位性を見せつけられているような気分になる。

男性性の格というものがあるとすれば、ゼロの肉体は間違いなく、最上級に位置している。

そしてこの肉体がどれだけの快楽を与えてくれるのかを、自分の身体は学習している。同性に欲情することなどゼロ以前にはまったくなかった。それなのにいま跨って眺めているだけで、期待を孕んだ劣情《れつじょう》が腰のあたりにじわじわと拡がっていく。

その劣情を封じて、鹿倉は逞《たくま》しい胴体に両手を這わせて攻略点を探しはじめる。

しかし筋肉にしっかりと鎧われた肉体は、くすぐったいという感覚すらないのか、乳首に触れても脇腹や脇の下を撫でても、なんの反応も示さない。性器もいまだ萎《な》えたままだ。

これまで自分がさんざんいいように快楽を引き出されてきただけに、焦燥感と苛立ちが嵩《かさ》んでいく。

「飼い馴らすんじゃなかったのか?」

そう煽《あお》って、ゼロが鼻で嗤《わら》う。

鹿倉はぐっと奥歯を嚙むと、腰を上げて、男の脚のあいだに座りなおした。くったりとした重い性器を握り、それに舌を這わせていく。この部位ならばゼロの弱いところがわかる。裏筋を親指で付け根から強くなぞり上げながら、返しの段差を舌で舐め叩く。目を伏せて行為に集中しているうちに、わずかにゼロのものが芯をもちはじめる。

「ふ…」

自分の呼吸が乱れていることに気づく。

鹿倉はかすかに眉根を寄せ、上体を起こして自身の下腹部を見た。反《そ》り返った茎の先端から透明な蜜《みつ》が溢れていた。

フェラチオをすることで興奮している事実を突きつけられる。現段階で、明らかにゼロのものよりも反応してしまっていた。

口惜《くや》しさを覚えながらゼロを睨みつけた鹿倉は、目をしばたたいた。

黒々とした眸に特有のギラつく光が宿っていた。その視線は鹿倉のペニスへと吸いつくようにそそがれている。口の狭間からわずかに舌先が覗いて、唇を湿す。

ゼロのものを確かめると、完全に屹立《きつりつ》していた。

——……俺が感じてるのがわかって、反応したのか?

勝機が見えた。

それならば、見せつけてやればいいのだ。

鹿倉は腰を上げると、ゼロを跨いで膝をついた。身体を互い違いにして、ゼロの顔の前にペニスを垂らすかたちだ。

男が生唾《なまつば》を飲む音を聞きながら、フェラチオを再開する。

大きすぎる器官を口に含むと、自分の茎から新たな蜜がしたたるのがわかった。そのさまを間近からゼロに見られていると思うと、腰がわななく。

咥えているものがググ…とさらに張り詰める。

力が籠もって筋肉が浮き立っていくゼロの脚に手を這わせる。いったん点いた火はここかしこに延焼しているのか、腿《もも》を撫でると振り払おうとするかのように足が宙を蹴る動きをした。

ぐぷぐぷと陰茎を口で扱いては舐めまわすと、ゼロがかすかに声を漏らす。手応《てごた》えを感じて薄っすらと笑みを浮かべた鹿倉はしかし、今度は自身のほうが喉を鳴らさせられた。

慌てて四肢をつく姿勢で見下ろすと、拘束されている不自由な身で、ゼロが頭だけ上げていた。その口から差し出されている舌が、目の前にあるペニスの先端をかすめるように舐める。

「ぁ…」

わずかに舐められているだけなのに、それが却《かえ》って切ないような痺《しび》れる快楽を生む。

ゼロに舐められるたびに亀頭《きとう》が嬉しがってヒクつく。

主導権を握るために懸命に男の性器にかぶりつく。

「んーーン…ん」

口も性器もゾクゾクする。

亀頭の先を舐め叩かれて身体が跳ねる。このままでは先に果てさせられてしまいそうだ。

鹿倉は腰をずらして、ゼロに背を向けたまま、その下腹部に膝立ちで跨る。そうして握った男のものを脚のあいだに宛《あて》がった。

「ーー……ぁ…あ」

ほぐしていない場所が凄《すさ》まじい体積に押し拡げられていく。

苦しいのに、馴染んだ快楽がすぐに湧き起こってくる。もうずっと男を欲しがって引き攣れ

ていた内壁が、満たされて痺れる。

いま自分は蕩けただらしない顔をしているに違いなかった。だからこうして、顔を見られない角度で繋がったのだ。

「丸呑みしてるのがよく見えるぞ」

揶揄《やゆ》する声音でゼロが言う。

声を出さないように唇を噛み締めて、鹿倉は両膝を立てて足裏でシーツを踏んだ。自重で男を根本まで含む。まだ順応していない粘膜が、男をギチギチと締めつけた。

ゼロが太い息をつくのを背中で聞く。

男の硬い腿に手をついて、尻を男の下腹に擦りつけるように回してから、腰を引き上げては下げる。

内壁と性器がずるずると擦れる感触に肌が粟立つ。

——もっと……。

いつしか鹿倉の身体はバネのように弾んでいた。

ゼロを感じさせて負かさなければならないと頭ではわかっているのに、腰から頭の天辺《てっぺん》まで繰り返し電流が走り抜ける。

もういまにも快楽が爆発しそうで、鹿倉は背後の男を横目で睨みつけて、詰《なじ》った。

「とっととイけ」

ゼロはといえば、快楽を堪能しているものの、崩れてはいない。余裕ありげに笑いに目を眇めて言ってくる。

「イっていいんだぞ?」

「……お前が先にイけ」

「なら、こっちを向いて跨れ」

「――」

ぐずぐずになっている表情と身体を晒したくない。

しかしこのままでは一方的に自滅するだけだ。

鹿倉はぐうっと腰を上げた。長々としたものを粘膜から抜く感覚に、身体がビクビクする。ぶ厚い亀頭を抜くときに危うく果てそうになって、身体中の筋肉に力を籠めてこらえた。

そうして今度はゼロのほうを向いて、腰を跨ぐ。

自分の顔が紅潮しているのは鏡を見なくてもわかった。反り返ってぐしょ濡れになったペニスがどれだけ感じてしまったかを暴露《ばくろ》している。

ふたたび腰を下ろして身体を繋げながら、鹿倉はゼロを正面から睨みつける。

ゼロもこちらを睨んでいた。

ほとんど憤怒《ふんぬ》にも近い発情のまなざしで。

鹿倉が腰を落としきる前に、ゼロが自制できなくなったように下から腰を遣いはじめた。

慌てて男の腰を両手で摑んで動きを制御しようとするが、それも振り切ってゼロが暴れる。

「ぐ…っ、ふ…、く」

獣《けもの》の短い唸り声のようなものが、ゼロの喉から間断なく漏れる。

滅茶苦茶に揺さぶられながら、鹿倉は完全な勝利ではないまでも、互角になっていることを知る。

突き上げられるままに振りまわされているペニスを、ゼロが焼けつくような目つきで見る。

——肉を切らせないと、この男は手にはいらない。

肉を切らせたところでゼロの骨を断つことはできないかもしれない。それでも、こうしてすべてを晒せば、ゼロは無我夢中で喰らいついてくる。

なんとか腰を上げて繫がりを浅くすると、ゼロはさらに強く速く腰を跳ね上げた。

凄まじい速度で、亀頭だけが窄まりをはいっては出るのを繰り返す。襞《ひだ》を捲《めく》られては押しこまれて、鹿倉の内壁が痙攣《けいれん》しだす。

「う——ぁ」

吠《ほ》えるような声を漏らすと、ゼロも濁《にご》った唸り声を長々と漏らした。

浅く繫がった体内に精液を打ち上げられながら、鹿倉もまた白い粘液をどぷりと男の喘《あえ》ぐ腹部へと放った。

ゼロのうえから転がり落ちるようにして行為を終える。脚のあいだから三回ぶんの精液がどろりと溢れる。

「これで俺を飼い馴らせた気になってるのか？」

そう訊いてくるゼロの声は甘く濁っている。

勝敗はつかなかったが、どちらも負けはしなかった。その鹿倉の判定を、おそらくゼロも共有しているに違いなかった。

鹿倉は天井を睨みながら掠《かす》れ声で言う。

「東界連合を潰すっていう同じ目的が、俺たちにはある。わかり合えないなんて理由で逃げるのは許さない」

するとゼロもまた天井に向けて言った。

「俺とエンウは、このまま東界連合とも桐山とも戦いつづけて潰す。それでお前の目的も達成される。それでいいだろ」

鹿倉は舌打ちすると、力を振り絞《しぼ》って身体を起こし、ゼロの首を絞めるように手指を置いた。充血した目でゼロを見据える。

「これは俺自身の戦いだ」

誰かがそれを果たしてくれるからといって安全なところで結果を待っていることなどできる

わけがない。

「この俺を、足手纏《まと》い扱いすることも許さない。なにが、コクミンとヒ・コクミンだ。わかり合えないのが問題なら、俺にもわかるようにしてみせろ」

蔑《さげす》むような眼差しをゼロが返してきた。

「わかり合えるつもりでいるのか？」

「わかり合える足掛かりはあるはずだ」

視線がぶつかりつづける。

ゼロの眸の闇が視界全体に拡がっていくような錯覚《さっかく》が寄せてくる。

そのなかで、ゼロの声が響いた。

「俺の母方の祖父は、死刑囚《しゅう》だった」

闇に馴染む声音が抑揚《よくよう》なく続く。

「母は三姉妹の長女だった。妹ふたりは犯罪加害者の家族として責めたてられることに耐えられずに自殺して、母だけが生き残った。母は『王子様』に出会って、その男の子供を身籠《みご》った。王子様というのは母の妄想だ。実際のその男は、母をやり棄《す》てただけだったんだろう。それでも母は自分のような罪深い血を引いた女が、その男の足を引っ張ってはならないと、ひそかに子供を産んで、その存在を社会から隠すことを選んだ」

ゼロの言葉を追うことはできているものの、その話はどこか作り物めいていて、現実感を欠いていた。

「本当はそいつの迷惑にならないように何度も堕胎《だたい》しようと思ったが、王子様が自分にくれたものだからどうしても失いたくなかったと言ってたな」

そんなことを息子に話して聞かせる母親の感情を、自分のなかに落としこむことができない。

その時のゼロは、どんな顔で母親の言葉を浴びていたのだろう。

「俺の目を見ては、この目は王子様の目だとか抜かしてた」

唾棄《だき》する響きが声に混ざる。

その感覚だけは辛《かろ》うじて摑むことができて、鹿倉はようやくまともに息をできた。

「だから、無戸籍に、したのか」

それは間違いなく親の身勝手な判断であり、法的に間違っている。

けれどもそんなことはゼロも百も承知のことであり、自分がわざわざ言葉にするのは無意味で空虚《くうきょ》だ。

「足掛かりはやった。これを外せ」

「……」

鹿倉は鋏《はさみ》をもってくると、結束バンドを切り、手首のネクタイをほどいた。

自由になるとゼロはあっという間にベッドを降りて衣類を身に着けた。鹿倉は全裸のままベッドの端に腰掛けて、語られた内容を頭のなかで繰り返しなぞっていた。

部屋を出て行くとき、ゼロはこちらを振り返りもせずに言葉を吐いた。

「背景を知って、わかった気になれたか」

それは質問ですらなかったようで、鹿倉が口を開きかけたときにはもうゼロの姿はなかった。

玄関ドアが閉められる音が冷たく響く。

鹿倉は自分の顔を掌できつく潰した。

これまで刑事として、数えきれないほどの聞きこみや尋問《じんもん》をしてきた。そして俯瞰してパーツを組み立て、類型化して理解した気になれていた。

しかしそれを試みようとしても、ゼロの姿がまったく見えてこない。ゼロをわかりたいという渇望《かつぼう》ばかりが空回りする。

……おそらく、「足掛かり」を教えたのは、手切れ金のようなものなのだろう。

そしてそれは、法外の戦いに鹿倉を巻きこまないために違いなかった。

『闇しかない場所に光の点が生まれれば、俺はそれに囚《とら》われつづけることになる』

あの言葉が真実だったことは、ハイイロたちに尾行させて守ってくれていることから考えても確かだ。

今日のセックスでも、実感としてそれが感じられた。

ゼロは確かに、彼の世界の光の点であるところの鹿倉陣也《じんや》に対して強い反応を示す。

鹿倉もまた、ゼロという闇の点に強く囚われている。

「――それなのに、俺たちは交われない」

5

警視庁本部庁舎を出て、桜田《さくらだ》通りを南西方面へと向かう。日比谷《ひびや》線霞ケ関《かすみがせき》駅へと繋がる出入り口の前で一瞬立ち止まったが、階段を下らずにそのまま歩道を進んだ。

電車に乗れば、また神谷町《かみやちょう》で降りそこねて中目黒《なかめぐろ》まで行ってしまうのだろう。

『俺の母方の祖父は、死刑囚だった』

ゼロの夜闇に溶けるような声が再生される。

その死刑囚が誰であるかを、鹿倉は調べていない。彼の祖父がどのような凶悪犯罪を犯したかについても興味はなかった。それを知ったところでゼロへの執着が薄らぐわけでもなく、またゼロを理解できるようになるわけでもないことがわかっていたからだ。

――……足掛かり。

その言葉がずっと胸に引っかかっている。

ゼロがあの晩に語った出生の話と繋がる重要なことを、解きほぐしそこなっている気がしてならない。

交叉点《こうさてん》で、赤信号に足を止められる。

ひとつ息をついて、鹿倉は大きく視線を巡らせた。この辺りは官庁街であるため、都心部の割に空が広い。梅雨の切れ目で、今日は雲もない。

振り返るかたちで北の空を見上げ——鹿倉は、目を眇めた。

地上の光に消されかけている星の並び。

柄杓《ひしゃく》を伏せたようなかたちをしている。

「……北斗七星」

柄《え》の端に当たるベネトナシュという星を、かつてゼロは母親だと言った。アラビアでは、柄杓の桶《おけ》の部分を棺《ひつぎ》として、柄の部分にある三つの星は、その父の棺を泣きながら引く三人の娘とされている。ベネトナシュはその三姉妹の長女だ。

そしてゼロは柄の真ん中となる星の横にある、死兆星《しちょうせい》の異名をもつアルコルという星に自身を重ねていた。

アルコルは、「微《かす》かなもの」「忘れられたもの」「拒絶されたもの」を意味するという。

いま、三姉妹の星のうちはっきりと見えるのはベネトナシュだけで、ふたりの妹は消えかけている。アルコルはまったく見えない。

——ああ……そうか。

いまようやくゼロによって与えられた足掛かりが、自分のなかに実体をともなって降りてきていた。

『これは家族写真だ』

ゼロは桶の部分の三星が欠けた画像を示してそう言っていた。

死刑囚の娘として泣きながら棺を引く長女が母親。

その母親から何度も堕胎を考えられたうえに、生まれたのちも自分自身を見てもらえなかったゼロ。

そして、画面にはいりきっていない棺のなかには、死刑囚であった祖父がいる。「死刑囚だった」という言い方をしていたのは、すでに死刑が執行されたためだろう。そしておそらく、ゼロは祖父の存在を受け入れていない。

どこの誰かわからない父親は、家族写真のなかにはいない。ゼロにとっては家族として思い描けない存在なのだろう。

底のない寂寥《せきりょう》とした世界が、天から圧《の》しかかってくる。

「……とっくに打ち明けてくれていたのか」

それは出生や生育歴よりよほど深い、心の在り方の秘密だったのだ。

ゼロのことがわかったなどと言う気はない。

それでもいま、彼のかたちを朧ながら胸に描くことができていた。

そのゼロと向き合い、この先どうしたいのかを自問する。

信号が三つの色を繰り返し行き来しても、鹿倉は北の空を見詰めつづけていた。

6

特別捜査部がはいっている東京地方検察庁九段《くだん》庁舎は、広大な皇居を挟《はさ》んで、ちょうど警視庁本部庁舎の向かい側に位置する。

鹿倉《かぐら》はその日の午後、九段庁舎を訪ねた。

助成金詐欺事件に外国人犯罪組織が関与している件でじかに報告したいことがあると、桐山《きりやま》に連絡を入れたのだ。

それは口実であり、真の目的は桐山と接触することだ。

ゼロからの忠告を軽んじたわけでは決してない。

しかし、彼らでは動けない部分を自分が補うことはできるはずだ。

ゼロは桐山のことをヒ・コクミンと位置付けているが、桐山はどれほどの権力を握っていようと、戸籍をもつコクミンでもあるのだ。

そして自分もまたコクミンであり、組対部《そたいぶ》の刑事であるからこそ、こうして正面から桐山に接触することができる。

小細工で情報を引き出せるような相手でないのは、前回の接触で重々承知している。実際に、桐山はすぐに見抜いた。

「たったこれだけの報告をするために、わざわざ皇居を半周して来るほど君は殊勝《しゅしょう》ではないだろう、鹿倉刑事」

会議室の窓から皇居の緑を見下ろしながら、桐山はそう言ってきた。

鹿倉は椅子に座ったまま、苦い声を作って返す。

「きちんと言っておく必要があると思ったので」

ぬるりとした黒い眸がこちらに向けられる。

「なにをだ?」

鹿倉は立ち上がると、桐山へと歩み寄った。やはりこの男のことは生理的に苦手だ。いまにもカメレオンの舌に巻き取られそうな危機感に、背筋がざわつく。

「ひとつはエンウのことだ」

自分とエンウ――ゼロとの関係を桐山はどこまで摑んでいるのか。それは東界《とうかい》連合が、どのぐらいなにを摑んでいるのかを推《お》し量《はか》る目安にもなるため、確かめておきたい部分だった。

だからあえて、こうして鹿倉のほうからエンウのことを再度もち出してみたのだ。

「俺はすべての反社会的勢力を敵と見做《みな》している。だからエンウと繫がることはあり得ない。そこをはっきりさせておかないと腹の虫が治まらない」

強い語気で告げて桐山を睨みつける。

「なるほど」

顎を桐山の指に摑まれる。顔が近づいてくる。

細かい表情を読み取るように視線が這いまわる。

——気色悪い。

嫌悪感をこらえて、鹿倉は憤りを顔に載せつづける。

もし繋がりを確信しているのならば、桐山はこのように探る反応はしないのではないか。

——おそらく東界連合も桐山も、俺たちの関係を摑みきってはいない。

あくまで状況証拠として、繋がりのある可能性が高いと踏んでいる程度だろう。

「ひとつ目はそれで、ふたつ目はなんだ？」

「東界連合のことだ。特捜検事に言われたからといって、東界連合から手を引くことは決してない」

能面のような顔に、苛立ちの漣《さざなみ》が拡がった。

これで桐山は鹿倉陣也のことを放置してはおけない存在として認識したはずだ。

——どう出る？

桐山の反応を待っていると、その指が鹿倉の顎から外れて、首筋へと流れた。

「君が仕事熱心なのは、検察《うち》にも聞こえてきている。組対刑事としての矜持《きょうじ》のために誤解を解

きに来た、とでも解釈《かいしゃく》しておこうか」

もったいぶった微妙な言い方をしながら、冷たい指が襟の内側にはいりこんできた。

「もう痕は消えたのか」

キスマークがあった場所の肌を指先で執拗《しつよう》に捏ねられる。悪寒《おかん》が痺れとなって触れられているところからじわじわと広範囲に肌を侵蝕していく。

――やっぱり、この男は……。

嫌がらせにしても、男に対してこんな触れ方をするのは、同性に性的興奮を覚える人間ぐらいのものだ。桐山には妻がいるが、次の総理大臣候補として名が上がる与党議員の娘であり、子供はいない。完全な政略結婚であり、桐山は両性愛者か同性愛者かのどちらかなのだろう。

――それとも、女相手でも男相手でも嗜虐《しぎゃく》で興奮するタイプか。

サディスト特有のねっとりとしたものが、視線からも指先からも伝わってくる。なまじ整った顔立ちをしているだけに、ともすれば、その妖《あや》しさに気圧《けお》されそうになる。

鹿倉が眉間《みけん》に皺をたてて嫌悪感を示すと、桐山の目の縁《ふち》が赤みを帯びた。反抗的な者を捻じ伏せることに興奮を覚えるタイプらしいことは、前に会ったときの言動から察しがついていた。

――要するに、俺はこいつのターゲット内ってわけか。

虫唾《むしず》が走るものの、それも確かめたかったことのうちのひとつだった。

鹿倉は桐山の手を摑むと首から引き剝がした。

「誤解が解けたなら、これで失礼します」

踵を返して去ろうとすると、肩を摑まれて壁へと背中を押しつけられた。逃げ道を塞《ふさ》ぐように、左右の壁に桐山が手をつく。

「東界連合から手を引く気はないと言ったな」

「ああ」

「私は君など簡単に潰せる」

見た目も雰囲気も似ていないが、法外にいる人間特有の不遜《ふそん》さは、どこかゼロと通じるものがある。

それと、眸だ。

夜の沼を思わせるどろりとした黒が、視界を浸《おか》す。

首を絞められているわけでもないのに窒息《ちっそく》しそうな息苦しさが寄せてくる。

「俺は東界連合を追うためなら、どんなことでもする」

ダメ押しの揺さぶりをかけると、桐山が鹿倉のネクタイの結び目に指をかけて下に引いた。

そしてワイシャツの第一ボタンを弾くように外す。

「……なにを」

「東界連合にどうしても関わりたいなら、私のペットにしてやろう」

「――」

言葉選びがいちいち胸糞悪い。

桐山を殴らないようにするのには、最大級の自制心が必要だった。

「私のペットとして働くか、踏み潰されるか、どちらがいい？」

「俺は……」

こんな男にペット扱いされるなど、ゾッとする。

しかし監視下に置いておく必要があると桐山に思わせるのが、今回の来訪の本当の目的だった。

この男の懐にはいってあらゆる手で釣り、情報収集をする。

東界連合の動きを探り、同時に桐山がどれだけエンウのことを把握《はあく》しているかを探るのだ。

「俺は目的のためなら、どんなことでもする」

桐山が鹿倉のワイシャツの二番目のボタンも指でなぞり、外した。

「どんなことでも、か。いい心がけだ」

襟をめくられる。首筋に桐山が顔を寄せたかと思うと、肌をぬるりと舐めてきた。

鹿倉は総毛立ちながらも、奥歯を嚙み締める。

いったん顔を上げた桐山が、鹿倉の強張った顔を眺めて目を細める。

「あそこまでのマーキングをした相手は、男だろう」

答えずに睨み返すと、ふたたび桐山が首筋に顔を伏せた。ひんやりした唇が肌に吸いつく。

自分でも驚くほどの生理的嫌悪がこみ上げてきて、鹿倉は思わず視線を彷徨《さまよ》わせる。

同じように同じ場所をゼロに吸われたときには起こらなかった感覚だ。いや、むしろゼロの匂いと唇を感じながら吸いつくされていくのは、快楽を湧き上がらせるものだった。

桐山の唇が少し場所をずらして、また吸いはじめる。

吸われるたびに悪寒が身体中に蓄積《ちくせき》され、鹿倉はきつく目を閉じた。

ようやく桐山の唇が首から離れる。

「ペットの印だ。消えないうちにまたつけてやろう」

口から溢れそうになる罵詈雑言《ばりぞうごん》を無理やり飲みこんで、ワイシャツのボタンを留めてネクタイを直しながら、足早に会議室をあとにする。

帰りの地下鉄の駅のトイレで確かめると、まだらな紅い鬱血痕が首筋に拡がっていた。

強烈な悪寒が甦ってくる。

首筋をガリガリと引っ掻くと、桐山の唇や舌の感触がわずかに薄らいだ。


「吸血鬼にでも襲われたのかと思いましたよ」

救急箱の蓋《ふた》を閉めながら、早苗《さなえ》が言う。

「いちいち大袈裟《おおげさ》なんだよ、お前は」

「大袈裟じゃありません！　ワイシャツ血だらけにして帰ってくるとか」

検察庁九段庁舎から警視庁本庁舎へと戻るあいだ、首筋を引っ掻きつづけたせいで、気が付いたときは指先とワイシャツの襟元が血で汚れてしまっていたのだ。

それを目にした早苗は飛び上がって、救急箱を取りに走ったのだった。

「だって、桐山検事のところに行ったんですよね？」

早苗は先日の恐怖体験を思い出したのだろう。身震いをして声をひそめた。

「あの人、なんかすごく吸血鬼っぽいじゃないですか」

言われてみれば確かに容姿といい雰囲気といい、古い洋画に出てくる吸血鬼めいている。自分の首に吸いついた姿など、見る者がいればまさにそのままだったに違いない。

「あいつが吸血鬼だったら、いまごろ死んでる」

「えっ、本当に桐山検事にやられたんですか？」

「……そんなわけがあるか」

「ですよね。あ、でも吸血鬼に吸われて吸血鬼になるって設定もありますよね」

そう言って、早苗が自分の首筋を手で押さえる。

「あ、僕は美味《おい》しくないですから」

「誰がカワウソの血なんて飲むか」

なんの話をしているんだと思いながらも、くだらない会話に胸のむかつきがほんの少しだけ目減りした。

「ペット」にされた日を境に、鹿倉は頻繁《ひんぱん》に桐山に呼び出されるようになった。大抵は終業後だったが日中のこともあった。もちろん捜査や会議などのときは無視したが、桐山の機嫌を完全にそこねない程度には応《こた》えた。

呼び出される場所は決まって九段庁舎だった。

おそらくハイイロたちはいまでも鹿倉の尾行を続けているだろうから、それは都合がよかった。庁舎のなかで誰となにをしているかは、彼らでも把握しようがない。仕事の関係で足を運んでいると思っていることだろう。

桐山に会うたびに、首を吸われる。

庁舎内ということもあってか、それ以上のことを強《し》いられないのは救いだった。

そして意外なことに、桐山は本当に東界連合絡みの仕事を鹿倉に振ってきた。あくまで東界連合本体ではないが、ロンランのときのように東界連合と連動している外国人犯罪組織の摘発《てきはつ》に必要な情報を投げ与えてきたのだ。

お陰で大局的に見れば、東界連合潰しの外堀をいくらか埋めることができている。

——こいつは、なにを考えてる？

今日も仕事上がりに九段庁舎に呼び出されていつもの会議室で、長机のうえに腰かけて首を吸われながら、鹿倉は考えあぐねていた。

それを知るには、もっと桐山の懐にはいりこまなければならない。

そうしなければ、桐山がどうしてエンウに拘《こだわ》っていて、どれだけのことを摑んでいるのかを知ることもできない。

ひとしきり吸い終えて顔を上げようとした桐山の後頭部を、鹿倉は片手で覆《おお》った。そしてもう一度自分の首筋へと唇をつけさせる。

無言の強請《ねだ》りに、桐山がかすかに肩を震わせた。そしてまた肌をしゃぶりだす。

体重をかけられて、鹿倉は抗《あらが》う素振《そぶ》りをして桐山を喜ばせながら押し倒されてやる。

簡単に食らいついてきたことに内心ほくそ笑んだものの、腿に硬いものを押しつけられて、悪寒が一気に強まった。

このマーキング行為に桐山が興奮しているらしいことはわかっていたが、ここまで明確に桐山の性欲を突きつけられたのは初めてだった。

——懐にはいるためには、これ以上のことが必要ってことか？

想像するだけで吐き気がした。

ゼロともさんざん性的行為を重ねてきたが、それは互いがリスクを取りつづける協定の更新手続きのようなものだった。

けれども桐山は、ペットの印を首につけたら餌《えさ》を投げ与える、というやり方だ。そのせいで、ただ首を吸われるだけでも、毎回身売りをしているかのような胸糞悪さが付きまとう。

桐山にとって鹿倉陣也《じんや》は、人間と動物ほども種の違う存在なのだ。

ようやく桐山が吸うのをやめた……かと思うと、ぬるぬると首筋を舐めだした。舌が耳朶《じだ》を舐め叩き、耳孔《じこう》へと侵入する。舌が薄いせいか、深くまで到達する。

「……く」

孔《あな》を桐山に犯されて、全身に拒絶の力が籠《こも》った。

長机の端をきつく摑んで、殴りつけるのをこらえる。

ぐちゅぐちゅと卑猥《ひわい》な音が鼓膜《こまく》を浸す。腿に桐山の性器をねっとりと擦りつけられる。発情した桐山から、籠ったような甘い香りが漂い、鼻腔《びこう》を満たしていく。ついに耐えきれなくなった。

桐山の側頭部に拳を入れようとすると、耳からずるりと舌が抜けた。拳をよけた桐山に、逆に手首を摑まれて、押さえこまれる。

憤りと嫌悪感を剝き出しにして睨むと、桐山が薄い舌で舌なめずりをする。

「こうでないと愉《たの》しくない」

鹿倉の葛藤《かっとう》まで含めて、悪趣味に愉しんでいるというわけだ。

マゾヒスト相手では満足しないサディストほど厄介なものはない。桐山を満たす行為は、犯罪の範疇《はんちゅう》のものに違いなかった。

——……それでも、こいつは捕まらない。

桐山に相手を斡旋《あっせん》する者たち——たとえば東界連合も、警察が検挙したところで検察で不起訴にされるのだ。

「いいだろう。可愛いペットには高級な餌をやろう」

鹿倉に覆い被さったまま桐山はスマートフォンを取り出して、どこかに予約の電話を入れた。拷問《ごうもん》器具でもあるところに連れて行かれるのかと危惧《きぐ》したが、着いた先は桐山の行きつけらしい料亭だった。料亭の次の間に連れこまれることもなく解放された。

それからというもの、桐山は食事や飲みに鹿倉を連れ歩くようになった。

鹿倉のいるところに迎えの車を寄越し、時には桐山本人もすでにその車に乗っていたため、桐山と交流していることは早苗の知るところとなった。

早苗は相変わらず桐山を毛嫌いしており、「鹿倉さんも吸血鬼になったんですね」などと言ってくる。

桐山は鹿倉のことを性的対象にしているが、特別に気に入ったから連れ歩いているというような単純な話でないのは明らかだった。

同行している最中、桐山はよく電話をする。桐山のほうの言葉しか拾えないものの、どんな相手とどういうたぐいの話をしているかを摑むことはできた。多くは仕事絡みで、家族との電話らしきものは、まだ一度もない。

そして時折、東界連合絡みと見られる電話もあった。

桐山はその会話をも平気で鹿倉に聞かせる。「遠野《とおの》」や「エンウ」という言葉を口にすることすらあった。

——こいつはなにを目論《もくろ》んでる？

かならずなにか裏があるはずだが、どうしても摑めない。

苛立ちが募《つの》るなか、その日も桐山に首を吸われた。鹿倉の自宅マンション前に駐《と》められた車のなかだった。

どうせあとは家に帰るだけなので、緩められたネクタイも襟元が開いたワイシャツもそのままで車を降りた。

エレベーターに乗りこみ、吸われた場所を引っ搔くと、桐山の唾液が指に付着した。

「くそ」

いますぐに手を洗いたい。いや、シャワーに頭から突っこんで、身体を余すところなく流したい。鼻のなかにも水を流しこんで、桐山の匂いを消したい。

せいぜい首を吸われたり耳に舌を挿《い》れられたりする程度にしか触れられていなくても、精神も肉体も舐めまわされたかのような嫌な感覚が、桐山と会ったあとにはいつもこびりついているのだ。

六階の通路を走って鍵穴に鍵を突っこむ。それを回してから、鹿倉は眉をきつくひそめた。鍵がかかっていないのだ。かけ忘れて出ることはまずあり得ない。

どう対処するか考えていると、突然ドアが開いた。咄嗟に飛びすさって臨戦態勢にはいろうとして、瞠目《どうもく》する。

「……なんでお前が」

二の腕を摑まれて、部屋に引きずりこまれた。

靴を脱ぐ間も与えられずにリビングへと連れて行かれてから、ようやく男の手を振りほどいた。

「どうやって、はいった？」

質問には答えずに、ゼロが唸るような声で詰問《きつもん》してくる。

「どうして桐山に接触してる？」

ここのところ桐山とは庁舎外でも行動をともにしているため、尾行しているハイイロたちによって、ゼロにはとうの昔に報告が上がっていたに違いない。

「お前がどうこうできる相手じゃないと言ったはずだ」

「俺には、お前にはできない戦い方ができる」

睨《ね》め上《あ》げながら返すと、ゼロがワイシャツの襟を鷲摑《わしづか》みにして、破らんばかりにめくった。

首筋に拡がる、紅《あか》く濡れた吸い痕と、無数に走る爪痕とを暴かれる。

「お前の戦い方ってのは、これのことか」

「――」

「そういえば、俺にも簡単に身体を投げ出したな」

自分の右手に衝撃が走ってから、ゼロの顔面に思いきり拳を入れたことに気づく。

抑えようのない憤りが腹の底から止め処《ど》なく湧き上がっていた。

ゼロの指摘は間違ってはいない。確かに自分は、ゼロを飼うために身体を使った。

――それでも、まったく違う。

そのことをゼロがわかっていないことが許せなかった。

「一緒にするなっ」

ゼロが口の端に血を滲ませながらこちらに顔を向けなおす。

その眉間には刃物で深く抉ったような皺が刻まれ、眸からは憤怒の闇が噴き出さんばかりだ。

ゼロが耳元に口を寄せてきて、ざらりとした声で囁く。

「もう手遅れだぞ」

踵を返して、ゼロが部屋を出て行く。

ひとり残された鹿倉は、呼吸を震わせた。

なにがどう手遅れなのか。

それをすぐに訊けなかったのは、答えを知りたくなかったせいだ。

そして答えを聞かずとも、ゼロに切り捨てられたことはわかっていた。

「っ」

首筋を引っ搔く。指やワイシャツの襟元が血だらけになっても、引っ搔くのを止められなかった。

7

一刻も早くゼロと連絡を取らなければならない。

しかし自分からメッセージを送ったところで無視されるのはわかりきっている。

ゼロにとってもう自分は、終わった相手なのだ。

それでも、少しでも未練を残してくれていることに賭けて、鹿倉《かぐら》は夜の街を足早に歩き、雑居ビルの狭間の真っ暗な脇道へとはいった。

「うわあ――」

悲鳴をあげ慣れていないせいで棒演技もいいところだったが、すぐに脇道へと駆けこんでくる足音が響いた。

ハイイロとカタワレのコンビだった。まだ尾行はついていたのだ。

「って、なんなんだよ」

ビルの壁に背をもたせかけている鹿倉を目にして、ハイイロが眦《まなじり》を吊り上げた。そのビッグシルエットのTシャツの胸倉を鹿倉は摑む。

「緊急の用件がある」

鹿倉の顔つきや声音にただならぬものを感じたらしく、暴れようとしたハイイロが動きを止めた。

「明後日《あさって》、東界《とうかい》連合がエンウを襲撃する計画があるらしい」

桐山《きりやま》が遠野《とおの》との電話でそのことを話しているのを聞いたのだ。いつもは鹿倉の前で堂々と遠野とも話す桐山が、今日は通話中のスマホを手にわざわざレストランの個室から出た。鹿倉もこっそり部屋を出て盗み聞きしたところ、情報を拾うことができたのだ。

カタワレが顔色を変える。

「明後日というと、アレしかないでしょう」

ハイイロが首をひねる。

「でもアレは、こっちが襲撃する計画じゃんかな」

もう片方の手でカタワレの胸倉も摑んで、鹿倉は詰問する。

「明後日に、なにがある?」

「コクミンになんで教えなきゃなんねーんだよ」

ピアスのついた唇をハイイロがひん曲げる。カタワレも苦笑を浮かべて言う。

「ゼロから刑事さんはうちのことに噛ませるなと命令されていますしね」

鹿倉はふたりをぐっと引き寄せながら告げる。

「ゼロが俺を信用してなかろうと切り捨てようと、俺はあいつを守りたい」

北斗七星にゼロの本当の姿を見つけた夜に、決めたのだ。

「あいつを守るということは、エンウを守ることだ。だから、俺は絶対に退《ひ》かない」

ハイイロが手にしたナイフを鹿倉の喉元に突きつけてきた。

「未練たらしくしてんじゃねーよ」

「俺を噛ませたくないならここで殺せ」

顎を上げて切りやすいようにしながらそう返して睨み据える。

首に冷たいものが触れた。刃先が皮膚を押してはいりこんでくる――ハイイロの手を、カタワレが摑んだ。

「刑事さんがゼロに未練たらたらなら、情報の擦《す》り合わせぐらいさせてあげてもいいでしょう。こちらの損にはならない」

ハイイロが舌打ちして、ナイフをベルトにつけている革袋に投げ入れた。

「明後日、エンウが東界連合を襲撃するのか?」

改めて尋ねると、カタワレが答えた。

「正確には、東界連合ではなく、東界連合と組んでいるカンボジアマフィアです」

「なんで襲撃するんだ？」

「明後日の深夜、密入国者を乗せたカンボジアの貨物船が川崎《かわさき》港に着きます。密入国者といっても、カンボジアで拉致《らち》された少年少女たちです。彼らを奪取するためです」

思わず鹿倉の顔はやわらぐ。

「そうか。保護するんだな」

するとハイイロが心地悪そうに「保護とかじゃねーよ」と呟く。

カタワレが横目でハイイロを見て、少し口許を緩め、すぐに真顔に戻った。

「さっき、東界連合がうちを襲撃するとか言っていましたね？」

「ああ。桐山といて得た情報だ」

探る眼差しを向けながらカタワレが確認する。

「あの特捜検事のほうに寝返ったわけではなかったんですか？」

「なんで俺が東界連合とつるんでる桐山に寝返るんだ」

不快さを丸出しにして返すと、カタワレがスーツの肩を竦《すく》めた。その様子は帰国子女の商社マン風にも見える。

「コクミンというのは自分の立場でコロコロと考えを変える、図々《ずうずう》しい生き物ですからね」

その言葉に腹は立たなかった。

彼らの目には「コクミン」はそのように映るのだろうと、自然と思えた。

「そこは否定しない。だが、東界連合への俺のスタンスが変わることだけはない」

誓《ちか》うように宣言すると、ハイイロがふて腐れぎみに口を開いた。

「じゃあ、こういう話なわけだ？　密入国者を奪いに集結したエンウを、東界連合が襲う。どーせ、ロンランの日本拠点《きょてん》を潰されたのの報復だろ」

鹿倉は頷き、眉根を寄せた。

「エンウの奪取計画を、東界連合が摑んでいたことになるわけだな」

「どう漏れたのかの調査が必要ですね。しかし、向こうの計画もわかった以上、裏を搔くことはできます」

ふたりの胸倉を離して、鹿倉は好戦的に眸を光らせた。

「そのことで、俺にも計画がある。それをゼロに伝えてほしい」

初夏の夜風に、波の音と潮の香りが吹き流されてくる。

「お前もデカいネタを引っ張ってくるようになったじゃないか」

倉庫の陰から港を目視していると、相澤《あいざわ》に肩を叩かれた。

「ネタ元は、前に言ってたフリーランスの奴か？」

「まあ、そんなところです」

「うまく繋がれたわけだ」

そう言いながら、相澤が目の前に拡がる夜の海を見やる。その眉がわずかに歪む。東京湾に浮かべられたフリーライター、町田省吾《まちだしょうご》のことを悼《いた》んでいるのだろう。

「大事にしてやれよ」

もう一度、肩を叩きながら言われて、鹿倉は「そうするつもりです」と呟く。

――ゼロが応えてくれるなら、だが。

ハイイロとカタワレは、ゼロに自分の計画を伝えてくれたはずだ。

その計画をゼロが受け入れてくれたかどうかは、三十分後にはわかる。

横浜《よこはま》港の埠頭《ふとう》から、川崎港のほうへと鹿倉は視線を向ける。

ここにはいま組対部《そたいぶ》の刑事二十名と援軍の神奈川《かながわ》県警の警察官三十名が、大型倉庫の陰に隠れるかたちで詰めている。

「コクミン」である自分が提供できる戦力だ。

鹿倉は時計を確かめると、ひとつ深呼吸した。

着信があったふりをしてスマートフォンを耳に当ててから、声を荒らげてみせる。

「それは本当か⁉」

少し離れた場所にいた早苗《さなえ》が飛んできた。

「なにかあったんですかっ」

鹿倉は埠頭に待機している警察官たちに聞こえるように声を張った。

「密入国者を乗せた船が行先を変更して、川崎港のほうに着いた！」

待機していた者たちが各自車に飛び乗り、川崎港へと移動を開始する。鹿倉はみずからハンドルを握り、先陣を切った。

こうやって警察介入までのタイムラグを作ったのは、鹿倉にとっても賭《か》けだった。

ゼロが自分の提案を受け入れて動いてくれたか動いてくれなかったかで、結果は違ってくる。最悪、密入国者たちを東界連合の餌食《えじき》にしてしまう可能性もあるのだ。

川崎港に一番乗りして車を飛び降りた鹿倉は、埠頭に転がる男たちの姿に身震いした。そのうちのひとりに駆け寄って、詰問する。

「誰にやられた？」

ナイフで切りつけられたらしき腿を押さえて、ウンウンと呻きながら男が情けない声で答える。

「…っぐ、黒マスク」

答えの内容より男の様子から、彼がエンウではなく東界連合のメンバーなのだと察しがついて、鹿倉は胸を震わせた。

――ゼロは俺を信じて、計画に乗ってくれた！

興奮して立ち上がったときに、つい男の脇腹を蹴ってしまい、男が大袈裟にヒイヒイ言った。

碇泊《ていはく》しているカンボジア船籍の貨物船に積まれているコンテナのなかからは、少年少女三十人が出てきた。脱水症状でぐったりしている子供もいて、救急車に次々と乗せられた。船にはカンボジアマフィア五人も搭乗《とうじょう》していた。

埠頭に倒れていた四十人ほどの男たちと船に隠されていた子供たち、それとカンボジアマフィアがあらかた回収されたところで、組対二課長の滝崎《たきざき》が鹿倉に声をかけてきた。

「カンボジアマフィアと東界連合が組んで、未成年を拉致監禁して人身売買を目論んだ案件、ってことで間違いないな？」

「間違いありません」

エンウはもともと、拉致された子供たちを奪取する計画を立てていた。

そしてそれを摑んだ東界連合は、奪取計画のために集結したエンウを襲撃しようと目論んだ。

それに対して鹿倉は、エンウメンバーが少人数を囮《おとり》として子供たちを奪取するふりをして、東界連合の襲撃犯を誘《おび》き出し、それを身を隠していた多数のエンウメンバーで一網打尽《いちもうだじん》にするという提案をした。その際には、東界連合メンバーの足を狙って動きを封じ、鹿倉が連れてきた警察に身柄を拘束させる。

それならば警察が直接、密入国現場に踏みこむよりも、多くの東界連合メンバーを捕まえることができる。

拉致された子供たちは警察に保護させ、東界連合は外国人犯罪組織と結託《けったく》して人身売買を企図した罪で吊るし上げる。

滝崎が鹿倉の二の腕を力の籠もった手で叩いた。

「ロンランのときには東界連合までは引っ張れなかったが、やったな」

鹿倉は強く頷く。

いくら桐山といえど、これだけの案件で東界連合の関与を消し去ることは不可能だろう。

——遠野も首謀者として引っ張れるかもしれない。

怨讐《おんしゅう》を果たせるときがついに来たのか。

昂《たか》ぶりに、身体が芯から震えた。


埠頭に転がっていた四十三人は、すべて東界連合のメンバーだった。彼らの多くはカンボジアマフィアとともに未成年者の拉致と密入国を企《くわだ》てたことを認めた。

ベトナムマフィア・ロンランの人身売買に関わっていたことを匂わせる供述をする者もいて

「東界連合」の名は連日、メディアにも取り上げられた。ただし国民の関心をもっとも引いたのは、アイドルグループのメンバーが東界連合幹部と付き合っているらしい、というゴシップ記事だったのだが。

当然、東界連合のリーダーである遠野亮二《りょうじ》を引っ張るという流れになったのだが、そこで信じがたい報告が飛びこんできた。

遠野はすでに幹部たちとともに国外に飛んでいたのだ。

そして遠野の高飛びが発覚した直後、世間を揺るがすニュースがぶち上げられた。

検察の上層部が、東界連合と繋がっており、東界連合絡みの複数の事件を不起訴処分にしたというリーク記事が週刊誌に載ったのだ。

それは瞬《また》く間に社会問題として取り上げられ、国民からの強い反発を受けて、検事総長および検事長の辞任へと発展した。

しかしなによりも鹿倉を驚愕《きょうがく》させたのは、辞任したのが桐山の派閥に属さない者たちばかりであったことだった。

桐山こそが遠野と繋がり、東界連合に便宜《べんぎ》を図っていたはずなのに、どうしてこのような結末になったのか。

桐山とはこの一ヶ月、まったく連絡を取っていなかった。

東界連合がエンウを襲撃するという情報を鹿倉に抜かれて、裏をかかれたことに、桐山はすぐに気づいたはずだ。だから桐山のほうからなんらかの報復があると覚悟していたのだが、なにもないまま検事総長らの辞任劇となったのだった。

鹿倉はアポイントも取らずに東京地方検察庁九段《くだん》庁舎へと飛んでいった。

「私もいまは非常に慌ただしくてね。手短に頼む」

いつもの会議室に鹿倉を連れてはいると、桐山は腕時計を見ながら急かしてきた。

相変わらずの能面で、情報を抜いたことにすらまったく触れないことに、鹿倉は強い違和感を覚えた。

「……わかってるんだろう？」

尋ねると、桐山は時計から目を上げた。その目が細められる。

「私はすべてをわかっている」

カメレオンの舌にべろりと舐められたような悪寒が、背筋を駆け上った。

「まさか――」

口のなかが急速に乾いていく。

「まさか、俺を利用したのか？」

鹿倉がエンウと繋がっているのを把握したうえで、わざと傍《そば》に置いて盗聴させたのではないのか。

そうして、エンウに東界連合の人身売買を大々的に暴く手伝いをさせた――。

「いや、そんなはずはない」

鹿倉は呟き、語気を強める。

「お前は遠野と個人的に繋がっていた」

ふたりでいる画像をこの目で見た。明らかに遠野と電話でやり取りしているのを、すぐ傍で聞いた。

「東界連合の連中を不起訴にする指示を出していたのは、お前だろう」

桐山の口角がわずかに上がる。

「私がそういうかたちで東界連合に便宜を図ったことは一度もない。実際に、辞任することになったのは私と繋がりのない者たちだ」

確かに、桐山の言うとおりだ。

そのことに鹿倉も衝撃を受けたのだ。

「彼らは自滅した。君は刑事としてなすべきことをして、検察庁まで掃除してくれた。実に見事な働きぶりだった」

桐山が三回、拍手をした。

愚弄《ぐろう》されたことを憤る余裕すら、鹿倉は失っていた。

「邪魔な派閥を潰すために、仕組んだってことか……遠野はお前に手を貸して、下っ端だけ犠牲にして高飛びした」

おそらく、見返りにそうとうのものを遠野は得たのだろう。

遠野は平気で身内を切り捨てて売り飛ばすような男なのだ。

「君たちはみんな、面白いぐらい予定通りに動いてくれた」

みんな――鹿倉もエンウも東界連合も警察も検察もマスコミも、国民も。

ようやく鹿倉は拳を繰り出した。

桐山はまったく避けずにそれを頬で受けたかと思うと、鹿倉の首元に手を伸ばしてきた。襟に指を引っかけて、ぐいと引っ張る。

「もう消えてしまったか。また気が向いたら、ペットの印をつけてやろう」

もう一発殴ろうとすると、今度は桐山はそれを躱した。そして腕時計を見る。

「タイムアウトだ。それでは、また」

退室した桐山を殴り足りずに、長机の天板を拳で殴る。

さらにもう一発殴ろうとしたところで、スーツの内ポケットでスマホが震えた。舌打ちしながら着信したメッセージを確かめる。

『桜0831／23』

＊

二十三時に中目黒のマンションに行くと、ゼロは先に来ていて、ベッドに大きな身体を伸ばして目を閉じていた。

鹿倉はクローゼットにジャケットとネクタイを仕舞うと、ベッドルームへとはいった。カーテンがなかば開かれていて、暗い部屋は月明かりで薄っすらと蒼く色づいている。

ベッドに腰掛けても、ゼロは寝息を立てている。

鹿倉は枕元に置かれたスマートフォンを手に取り、待ち受け画面の「家族写真」を眺めながら、男の腹部に頭を載せるかたちで仰向けになった。

驚いたようにゼロの腹部が波打つ。

「狸《たぬき》寝入りしてるの、バレてるぞ」

だるく指摘すると、今度は笑いに腹部が揺れた。

鹿倉も釣られて頬を緩める。

自分たちのあいだに生じていた亀裂が、雨にぬかるんで埋まったように感じられた。

わかり合おうと言葉を尽くすよりも、互いに行動で気持ちを示すほうが、自分たちはよほど近づくことができるのだ。

くなればいいと思う。


「陣也《じんや》、ありがとうな」

ゼロがぼそりと言う。

「お前はエンウを護ってくれた」

スマホを自分のみぞおちに伏せる。

ゼロにとってエンウは、もうひとつの家族のようなものなのだろう。そしてゼロは、家族という存在を引きずりながら生きる人間だ。それが痛みをともなうことであろうと、かかえていく。

そういう男が起ち上げた集団だからこそ、守りたいと思った。

「ゼロが俺を信じてくれた結果だ」

自分はゼロの血縁でもなければ、エンウのメンバーでもない。

ゼロにとっての鹿倉陣也は、同じ国の同じ時代に生まれ育ってもまったく異質な存在であり、本来ならここまで深く交わることがなかったはずの相手なのだろう。

そんな相手を全面的に信頼するのは、どれだけ困難なことか。

しかも、鹿倉が桐山に身体を投げ出していると誤解していたのだから——その時のやり取りを思い出して、むかつきを覚えながら横目でゼロを睨む。

「『もう手遅れだぞ』は撤回《てっかい》でいいな？」

ゼロが手を伸ばしてきた。ワイシャツの襟を開かれて、右首筋を露わにされる。

そこにいまだに残るのは、引っ掻き傷ぐらいのものだ。

「そもそもは、お前がここに痕をつけたせいだぞ」

文句をつけると、ゼロが不機嫌な皺を鼻に寄せた。

「あいつと何回ヤった？」

地を這うような声で問われて、鹿倉は揶揄《やゆ》で返す。

「なんだ？　可愛く嫉妬でもしてるのか？」

するとゼロが短く唸り、鹿倉の首をむんずと摑んで引き寄せた。

首の骨が外れるのではないかと思うほどの強引さで、ゼロに被さる姿勢を取らされる。

「痛……、っ、ん」

口のなかを、熱い舌に掻きまわされた。強烈な痺れが一気に身体中へとザーッと拡がり、満ちたまま引かなくなる。

ほろ苦い香りがゼロから立ち上る。

上唇の内側を舐めながら舌を引き抜くと、ゼロが鹿倉の首を圧迫したまま宣言した。

「撤回はしない。手遅れだ」

「――」

自分たちは終わりだとでも言うつもりなのか。

反応できずにいる鹿倉の様子を味わってから、ゼロが告げる。

「誰に何回ヤらせようが、お前は俺のものだ。いまさら離れられると思うな」

鹿倉はしばし穴が開くほどゼロの顔を見詰めていたが、ふいに顔を歪めた。ゼロの肩口を加減のない力で殴りつける。

「紛《まぎ》らわしい言い方をするな」

ゼロが喉で笑ってから、鹿倉の首を摑む手指にさらに力を籠める。

「なあ、陣也。俺を甘く見るな」

殺意に限りなく近いものがゼロからじわりと放たれ、鹿倉の肌を這いまわり、締めつけてくる。

おそらくこれが、ゼロという法外の男のものになるということなのだろう。

鹿倉は光らせた目を細める。

寒気と昂ぶりが同時にこみ上げてきていた。

「ああ、よく覚えておく」

そう囁いて、舌を差し出すと、獣が下から喰らいついてきた。


「も、う、やめろ…っ」

男の頭を両手で摑んで、胸のうえから力ずくでどかす。

見れば左胸の肌が広範囲に紅く変色していた。

ワイシャツで隠れないところにキスマークをつけるなと、ゼロにきつく言った結果だった。

「お前は胸を人に見せまくるのか？」

「そういう話じゃないだろう」

またぞろ胸を吸おうとするゼロと、そうさせまいとする鹿倉のあいだで小競り合いが起こる。

しかし、この状況はどうやっても鹿倉のほうが不利だった。

ゼロが鹿倉の折り曲げた両脚をがっしりとかかえて、腰を大きく振りたてる。深い場所まで男のかたちに引き伸ばされている内臓を、めちゃくちゃに歪められる。

「く…、ぁあ、う――っ、…ふ」

熱い痺れに腰から下を搦《から》め捕《と》られる。

「またイくか？」

ゼロが愉悦に低めた声音で訊いてくる。

すでに一度達したのに、鹿倉のものは亀頭に白濁《はくだく》を絡めたまま、ふたたび腫《は》れていた。

「ぁ…ぁ…っ、…う…」

突かれるたびに喉からこらえきれずに声が押し出される。

「ほかの奴のクセはついてねぇな」

みずからのペニスで内診して桐山の痕跡がないことを確認したゼロは、妙に嬉しそうな顔をしている。

なにかまるでひとりしか男を知らない「俺の女」扱いをされている気がして、鹿倉はざわざわする心地悪さを覚える。

「――別、に……こんな、のは、必要なら」

「なんだ？　必要なら桐山ともヤったのか？」

そう問われたとたん、嫌悪感に内壁が強張った。

「気色悪いことを言うなっ」

吐き捨てるように言うと、ゼロが勝ち誇《ほこ》った顔をする。

「俺となら気色悪くねぇよなぁ」

また胸にキスマークをつけようとするゼロの頭部を両手でロックして防ぐ。防げたと思ったが、ゼロが上目遣いで視線を絡めてきた。そうしながら、口から大きく舌を差し伸ばす。

乳首に舌先が触れる。

「は…」

獣が水を飲むときのように、肉厚の舌が慌ただしく動く。舐め叩かれる感触のもどかしさに、鹿倉は眉根を寄せて背中を浮かせた。

差し出した粒が男の口に沈む。

「あ、ぁ」

粒を激しく吸われ、歯を立てられると、身体の芯が収斂《しゅうれん》しきった。内壁が男を嚙み締めてわななく。

「ううう」

ビクビクビクッと全身が跳ねる。

強烈な快楽とともに、乳首を嚙み千切られそうな痛みが脳天に突き抜けた。

誰にも奪われないように獲物に喰らいつく野生動物のように、ゼロが鼻に皺を寄せて、獰猛《どうもう》に唸る。

その腰が凄まじい勢いでうねり、鹿倉の内臓を性器で喰い散らかしていく。

命の危機に晒《さら》されているかのような切迫感のなか、互いに放ち合う種液にドロドロにまみれた。

目を覚ます。

朝陽と呼ぶにはまだ薄い光が部屋に射しこんでいる。

隣で眠る男の顔を眺めるにはちょうどいいぐらいの光源だ。

狸寝入りだったのか、本当にいま目覚めたのか、眺めはじめて一分もたたないうちに黒い眸が現れた。

「一緒に朝を迎えたな」

ゼロが眠たげな声で言ってくる。

「……そう悪くもない」

奇妙な感じはするものの、この朝を受け入れることができていた。

それに身体のだるさに反して、頭と気持ちはすっきりと澄んでいた。鹿倉はゼロのほうへと身体を向けるかたちで肘《ひじ》をつくと、昨日の晩に伝えそこなったことを口にした。

桐山が自分たちを利用して、別派閥の検察上層部を一掃《いっそう》した件だ。

ゼロにとってもそれはなかなか刺激的な内容だったらしく、みるみるうちにその黒い眸が冴えていく。

「――俺たちは桐山に、一杯喰わされたってわけか」

ゼロが剣呑とした顔つきで呟く。

「ああ。しかも遠野にもまんまと高飛びされた」

東界連合に多少のダメージは与えられたとはいえ、それでは意味がない。

まるで煙を全力で殴ったかのような肩透かしっぷりだ。

「遠野も東界連合も潰さねぇとな」

「桐山の監視も必要だ」

互いの目を見ながら、頷きあう。

鹿倉はひそかな笑いに胸を震わせた。

セックスをして朝を迎えたベッドでするにはずいぶんときな臭い会話だが、自分たちにはこれこそが自然であり、繋がっていると実感できることなのだ。

起き上がって伸びをする。

いったん自宅に戻ってから支度《したく》をして登庁し、今日もまた仕事に明け暮れる。

床へと手を伸ばしてワイシャツを拾いながら、ふと自分の胸を見る。

左胸を埋めるほど、赤い痣が散り拡がっている。乳首も左側だけ炎症を起こして腫れていた。

――これが消える前に、こいつに会いたい。

湧き上がってきたその想いを、認める。

ベッドから立ち上がりながら、ゼロに見くだす視線を投げつけ、宣言してやる。

「お前こそ、もう手遅れだからな」

AFTERWORD……………

あとがき　—沙野風結子—

こんにちは。沙野《さの》風結子《ふゆこ》です。

本作は小説ディアプラス掲載の「獣はかくして交わる」に、「獣はかくして喰《く》らう」を書き下ろしたものです。それと、雑誌の応募者全サのペーパーSS「ゼロの匂い」もフォーマットを詰めればはいるということだったので収録してもらいました。

直球で、男前受です！　男前受は心身ともに頑丈《がんじょう》なので、安心ですね。本人がまた自分は男で頑丈だし割り切れるしなどと開き直って高を括《くく》ってたら、うっかり攻に深みに嵌《は》められるのとか、たいへんツボです。

そして男前にマウントを取れるほどの攻も、うっかり深みに嵌まるのがまた……という私の萌えを踏襲《とうしゅう》しているのが、鹿倉《かぐら》とゼロなのです。

書き下ろし分で登場の桐山《きりやま》は、遠野《とおの》以上の強敵です。そしてきっとすごく悪趣味変態です。

カワウソくんは書いていて癒《いや》されます。

ちなみに今回の裏テーマは、残念ながら表テーマと同じ「ひたすら男前受」でした。がっつり男前受が久しぶりだったので、前のめりにはしゃいでました。

デビュー作絡みの上海マフィアシリーズで、中国の無戸籍児の話を書いていたので、今作の話の根幹《こんかん》はそこに通じるものがあり、懐かしさもありました。

　イラストをつけてくださった小山田《おやまだ》あみ先生、夢のような男前×男前を描いていただけて、感無量です！　小山田先生だからがっつり男前で、とウキウキしながら執筆したのですが、私の頭のなかを軽々と超えた格好よさでした。表紙も雑誌カラー（口絵に収録）も、もう映画のパッケージそのもので、このふたりがアレコレと、眺めて妄想して時間が消えていきました。笑。

　担当様、私の趣味や感覚を尊重してくださり、スムーズにお仕事をさせていただけてありがたいです。デザイナー様、編集部様、出版社様、本作に関わってくださった皆様に感謝を。

　最後になりましたが、本作を手に取ってくださった方々、本当にありがとうございます。ちょいちょい悪趣味に走りますが、そこも含めて愉《たの》しんでいただけたら本望です。

　実はこの「獣はかくして交わる」、来年の小説ディアプラス・ハル号にSSが載ります。そして再来年の雑誌に続篇が載る予定があります！

　応援してくださっている方々のお陰です。次は裏テーマも盛りたいです。

＋沙野風結子 @Sano_Fuu ＋

風結び＋ http://blog.livedoor.jp/sanofuyu/ ＋

ゼロの匂い

嗅《か》ぎ慣れた、ほろ苦さのある香りが漂ってきて、鹿倉陣也《かぐらじんや》は駅のホームで瞬《まばた》きをした。

それとほぼ同時に、斜め後ろから声をかけられた。

「鹿倉さん、おはようございます！」

眼鏡《めがね》をかけたカワウソみたいな顔をした職場の同僚、早苗優《さなえすぐる》だ。顔ばかりでなく妙に撫で肩でスーツが似合っていないあたりもカワウソっぽい。

うしろの人間に押されて早苗との距離が縮まると、あのほろ苦い香りが強まった。

「……お前、なんかつけてるだろ。におうぞ」

指摘すると、つぶらな瞳がキラッと光る。

「あ、わかっちゃいました？　鹿倉さんがデートのときにつけてるフレグランスって、これですよね？　探すの、大変《が》だったんですよ」

あの男からの移り香を、同じマンションに住む早苗に嗅がれたことが何度かあったのだ。早苗はその香りが気に入ったようで、なんの香水かとしつこく訊《き》いてきたのだが、知らないのだから答えようがなかった。

フレグランスはつける人間の体温や体臭と混ざることでノートが微妙に変わる。だから早苗がつけていても、あの男から香るものとは完全に一致していないのだが――その日一日、鹿倉は周りをうろつく早苗から漂う匂いにあの男のことを……男との苦くて甘い情事の記憶を、揺り起こされつづけたのだった。


「どうしたんですか？　え、あ、うわ」

ドアを開けるなり自室に押し入られて、上下スウェット姿の早苗が上がり框《がまち》に尻餅《しりもち》をつく。

それに一瞥《いちべつ》もくれずに、スーツ姿の鹿倉はずんずんと室内にはいった。

二十八歳の男の部屋にしては小物が多いものの、きちんと片付けられている。

リビングにも寝室にも探しているものはなかった。

「ちょっとなんなんですかっ」

追いすがってくる早苗を振り払って、サニタリールームをチェックする。

棚に置かれたボトルに目をつける。上部が黒く、下方へと透明なグラデーションになっているデザインだ。

それを手に取って蓋《ふた》を開け、手首にスプレーする。

トップノートだからいくらか記憶のものと香りが違うが、おそらくこれだろう。

ボトルに記されている文字を、鹿倉は確かめる。

ZERO BLACK

早苗がうしろから言ってきた。

「ライジングウェーブ　ゼロ　ブラック——鹿倉さんの勝負フレグランスですよね」

——ゼロ……。

その響きに心臓が動きを乱す。

「僕もそれをつけてれば勝負できる気がするんですよね。ちょっとセクシーな大人の男って感じで」

悦に入《い》って語る早苗を、鹿倉は横目で冷ややかに見た。

「誰がつけても同じ香りになるわけじゃない。お前には合わない。だから、これは俺がもらってやる」

「ええっ⁉」

「代わりに、お前が最高に魅力的になるようなのを買ってやる」

そう言うと、早苗がショックを受けた顔のまま、渋々といった様子で頷いた。

鹿倉は踵《きびす》を返して早苗の部屋をあとにすると、階段を一階ぶん上って自室へと向かった。

閉めたドアに背を預け、暗いままの玄関口で手首を鼻に押し当てる。トップノートの柑橘系の香りの下から、あの男に近い香りが漂いはじめる。

それでも、やはり微妙に違う。

もどかしさを覚えながら溜め息をついたその時、スーツの内ポケットから小刻みな振動が身体へと伝った。

スマートフォンを確かめると、まるで鹿倉のことを覗き見でもしていたかのようなタイミングで、あの男がメッセージを送ってきていた。

『桜』

その一文字だけだったが、鹿倉にはそれだけで通じる。

すぐにスーツから私服に着替えて、バイクのキーを手に部屋を出る。

そして私的捜査のために買った中古バイクを中目黒《なかめぐろ》へと走らせた。そのあいだ中、もどかしさが体内に滴《したた》りつづけ、中目黒のくだんのマンションに着いたころにはこらえがたいほどの昂ぶりを覚えていた。

合鍵を使って七階の部屋にはいる。

室内は暗く、奥へと進むと開けられた窓の向こう、ベランダで大きな体躯《たいく》がこちらに背を向けているのが見えた。その横へと行くと、ゼロが飲みさしの缶ビールを手渡してきた。それを呷《あお》りながら、鹿倉は「ゼロ」の鼻へと手首を押しつけた。

「んん、なんだ?」

目を眇《すが》める男に確認する。

「このフレグランスを使ってるんだろう?」

ゼロが鹿倉の腕を摑んで、手首の匂いを嗅ぐ。こそばゆさがそこから腕を伝い上り、首筋をざわめかせる。

「お前がつけるとこんな匂いになるのか」

男の奥二重の目許《めもと》に笑みが滲む。

「そそられるな」

ゼロが手首に噛みついてきた。甘噛みというには強すぎる力だ。ついた歯型を舐めてから、ゼロが訊き返してくる。

「お前こそ、いつもなにをつけてるんだ？」

鹿倉は怪訝《けげん》な顔になりながら返す。

「なにもつけない主義だ」

「嘘つけ」

男は鹿倉の首筋に鼻を当てたかと思うと、犬のようにスンスンと嗅ぎだした。

「なんだ…っ」

両手で男の頭をかかえて引き剝がす。缶ビールがバルコニーの床を転がる。

間近から黒々とした眸《ひとみ》に覗きこまれる。

「お前はいつも、いい匂いがする」

「――」

「お前自身の匂いってことか？」

なぜか無性に羞恥心《しゅうちしん》を煽られた。

ゼロからほろ苦い香りが強く漂う。同じフレグランスをつけても、この男でなければこの香りにはならない。

腹が内側からぞくりとして、鹿倉は男をさらに退けると、フェンスのほうへと身体を向けた。目黒川沿いの、すっかり葉ばかりになった桜並木を見下ろす。

「呼び出したからには案件があるんだろう」

ぞんざいに言うと、ゼロがふいに背後に立った。重い体重をかけられる。

「それはあと回しでいいだろ」

黒いチノパンを引きずり下ろされ、下着のうえから茎を親指でなぞられる。亀頭をさすられて、腰がピクンと跳ねた。

「もう硬くなりかけてるのか」

愉悦を帯びた声で呟きながら、ゼロが幅も厚みもある手を下着のなかへと突っこんでくる。

夜気のなか、性器を鷲摑みにしてくる男の手指はひどく熱い。

身体が芯からゾクゾクする。フェンスを握る手に力が籠もる。

ゼロがさらに身体を密着させてきた。

下着を脚の付け根まで乱暴に下ろされたかと思うと、尾骶骨《びていこつ》のあたりに膨張しきった硬いものを押しつけられた。

腰を突き出す姿勢を取らされ、尻の狭間をずるずると擦り上げられていく。男のゴツゴツとしたペニスが後孔のうえを幾度も通り過ぎる。

「う…ぅ」

乱される窄《すぼ》まりが熱くなり、その奥の内壁がわななないては収斂《しゅうれん》する。

男の動きとともに、鹿倉の下腹部で反り返った陰茎が根本から揺れる。その揺れが次第に速くなっていく。先端から透明な蜜が飛び散る。

ゼロが首筋に鼻を押しつけてきた。

「匂いが濃くなってる」

それと同じことを鹿倉もまた感じていた。

どんどん増していくゼロの匂いに巻かれ、酩酊状態になっていく。

下腹部の器官が痛いほどドクドクして。

自制心が、消えた。

鹿倉はみずから腰を遣って男の幹に窄まりの襞《ひだ》を擦りつける。

「ぁ――く、は…っ、ぁ」

「陣也…っ」

ゼロが愉悦の吐息を漏らしながら、鹿倉の項《うなじ》に深々と歯を突き立てて、とどめを刺してくれた――。

この本を読んでのご意見、ご感想などをお寄せください。

沙野風結子先生・小山田あみ先生へのはげましのおたよりもお待ちしております。

〒113-0024　東京都文京区西片2-19-18　新書館
[編集部へのご意見・ご感想] ディアプラス編集部「獣はかくして交わる」係
[先生方へのおたより] ディアプラス編集部気付　○○先生

- 初出 -
獣はかくして交わる：小説ディアプラス2020年ハル号（vol.77）
獣はかくして喰らう：書き下ろし
ゼロの匂い：小説ディアプラス2020年ハル号（vol.77）全員サービス・
小説ディアプラスペーパーコレクション第54回

[けものはかくしてまじわる]
獣はかくして交わる

著者：沙野風結子　さの・ふゆこ

初版発行：2020年10月25日

発行所：株式会社 新書館
[編集] 〒113-0024
東京都文京区西片2-19-18　電話（03）3811-2631
[営業] 〒174-0043
東京都板橋区坂下1-22-14　電話（03）5970-3840
[URL] https://www.shinshokan.co.jp/

印刷・製本：株式会社 光邦

ISBN978-4-403-52516-2 ©Fuyuko SANO 2020　Printed in Japan

定価はカバーに表示してあります。乱丁・落丁本はお取替え致します。

無断転載・複製・アップロード・上映・上演・放送・商品化を禁じます。

この作品はフィクションです。実在の人物・団体・事件などにはいっさい関係ありません。